JN043444

はぐれ長屋の用心棒

鬼神の叫び

鳥羽亮

双葉文庫

目次

鬼神の叫び　はぐれ長屋の用心棒

第一章　盗賊

一

雨が、シトシトと降っていた。四ツ（午前十時）ごろである。

菅井紋太夫《すがいもんだゆう》は将棋盤を前にし、

「王手だ！」

と、声高に言い、金《きん》を王の前に進めた。

「ならば、金をいただいて、わしも王手だな」

華町源九郎《はなまちげんくろう》が、笑みを浮かべて言った。飛車で金をとると、王手になるのだ。

形勢は、だいぶ源九郎にかたむいてきた。

「そうきたか……」

菅井は、渋い顔をして将棋盤を見据《みす》えている。

源九郎は、将棋盤の脇に置いてあった湯飲みに手を伸ばした。そして、すこし残っていた茶を飲み干した。

「ならば、こうだ！」

菅井は言いざま、王を下げた。何のことはない。ただ、飛車から逃げただけである。

菅井が王を下げたことで逃げ場が狭まり、形勢はますます源九郎にかたむいてきた。菅井は渋い顔をして、将棋盤を見据えている。

ふたりは、本所相生町一丁目《ほんじょあいおいちょう》にある伝兵衛店《でんべえだな》と呼ばれている長屋の源九郎の家にいた。朝方、菅井が将棋盤を持って姿を見せ、将棋を始めたのだ。

菅井も、伝兵衛店に住んでいた。牢人の独り暮らしで、年齢は五十を過ぎている。生業《なりわい》は大道芸人だった。両国広小路《りょうごくひろこうじ》の片隅で居合《いあい》抜きを観せて見物人から銭を貰《もら》い、暮らしをたてている。ただ、居合の腕は本物だった。菅井は、田宮《たみや》流《りゅう》居合の達人である。

今日は朝から雨だったので、菅井は居合抜きの見世物には行けず、源九郎の家に将棋を指しにきたのだ。

源九郎も牢人の身で、菅井と同じように長屋で独り暮らしをしていた。源九郎は還暦に近い老齢である。

「では、王手、角取りだな」

源九郎が、飛車を王の前に進めた。

「うむむ……。そうきたか」

菅井は、将棋盤を睨《にら》むように見据え、低い唸《うな》り声を上げている。

源九郎は笑みを浮かべ、

……いい進みぐあいだ。

と、胸の内でつぶやいた。

「おれには、この手がある！」

菅井は声を上げ、王を下げた。単純な手だった。王は逃がしたが角はとられてしまう。

「おい、角はただだぞ」

源九郎は、飛車で角をとった。

角をとったことで、形勢は大きく源九郎にかたむいてきた。よほどの妙手でもないかぎり、菅井が勝機をつかむのは無理だろう。

菅井は低い唸り声を上げ、将棋盤を睨んでいたが、

「華町、もう一局だ！」

と、声を上げ、将棋盤の上の駒を勝手に掻き混ぜてしまった。そして、駒をあらためて並べ始めた。

源九郎は苦笑いを浮かべ、

「菅井、空が明るくなったようだし、雨はだいぶ小降りになった。これからでも、広小路に出掛けられるのではないか」

と、戸口の腰高障子《こしだかしょうじ》に目をやって言った。

源九郎の言うとおり、腰高障子は明るくなり、雨音は聞こえなかった。軒先の雨垂れの音が、間を置いて聞こえるだけである。

菅井は、戸口の腰高障子に顔をむけ、

「華町、これから仕事を始める気か」

と、訊《き》いた。駒を並べる手をとめている。

「わしの仕事は、家のなかでもできるからな」

源九郎が言った。生業は、傘張りだった。家のなかでも、できないことはない。ただ、生業といっても、傘張りだけでは暮らしていけず、華町家からの合力

で、何とか口を糊《のり》している。

華町家は五十石の御家人で、嫡男の俊之介《しゅんのすけ》が家を継いでいた。源九郎が家を出たのは、俊之介と君枝《きみえ》という嫁の間に、新太郎《しんたろう》という子が生まれたからだ。

華町家の家は、大勢で暮らすには狭かった。源九郎は倅《せがれ》夫婦に気兼ねしながら暮らすより、気儘《きまま》に余生を送りたいと思い、長屋で独り暮らしを始めたのだ。

「もう一局だけだ」

菅井がそう言って、駒を並べ始めた。

「仕方ないな」

源九郎も、将棋盤の上の駒に手を伸ばした。

そのとき、戸口に近付いてくる足音がした。足音はひとつではなかった。何人か、いるようだ。

複数の足音が、腰高障子の前でとまった。

「華町の旦那、いやすか！」

と、孫六《まごろく》の声がした。何か急ぎの用でもあるのか、声に昂《たかぶ》った響きがあった。

孫六は、源九郎たちと同じ長屋の住人だった。還暦を過ぎた老齢である。長屋に越してくる前は、番場町《ばんばちょう》の親分と呼ばれる腕利きの岡っ引きだったが、中風《ちゅうふう》をわずらい、すこし足が不自由になって十手を返したのだ。いまは、源九郎たちと同じ伝兵衛店に住む娘夫婦の世話になって、一緒に暮らしている。

「いるぞ、入ってくれ」

菅井が言った。

すぐに、腰高障子があいて、孫六が姿を見せた。背後に、男がふたり立っていた。茂次《しげじ》と見知らぬ年配の男である。

年配の男は黒羽織に縞物《しまもの》の小袖、それに角帯をしめていた。商家の旦那ふうである。何かあったのか、男の顔が蒼褪《あおざ》め、肩先が震えている。

茂次は、男の脇に立っていた。茂次も長屋の住人で、生業は研師《とぎし》である。研師といっても弟子はおらず、長屋や路地をまわって、包丁、鋏《はさみ》、剃刀《かみそり》などを研いだり、鋸《のこぎり》の目立てなどをして暮らしていた。菅井と同様、雨の日は仕事に出られず、長屋でくすぶっていることが多かった。

二

孫六と茂次、それに商家の旦那ふうの男が、土間に入ってきた。旦那ふうの男の顔が、強張《こわば》っている。

「菅井の旦那も、いたんですかい」

孫六はそう言った後、傍らに立っている商家の旦那ふうの男に目をやり、

「この方は吉兵衛《よしべえ》さんで、呉服屋の旦那でさァ」

と言って、ちいさく頷《うなず》いた。

「よ、吉兵衛で、ございます。……今日は、皆さんにお願いがあって、参りました」

吉兵衛が、声を震わせて言った。

源九郎は吉兵衛の蒼褪めた顔を見て、

……ただごとではない。

と、思った。

「ともかく、上がってくれ。そこで、立って話すわけにはいくまい」

源九郎が言った。

吉兵衛が、土間に立ったまま戸惑うような顔をしていると、

「さァ、上がって。遠慮することはねえ。華町の旦那も菅井の旦那も、あっしらの仲間でしてね。気さくな方でさァ」

孫六が、吉兵衛に身を寄せて言った。そして、自分から履《は》いてきた草履《ぞうり》を脱い

で、座敷に上がった。

吉兵衛は孫六につづいて座敷に上がると、源九郎と菅井を前にして座し、あらためて頭を下げた。

茂次は吉兵衛の後につづき、孫六の脇に腰を下ろした。

「あっしと茂次は、吉兵衛さんと、長屋の井戸端のところでお会いしやしてね」

孫六はそう言った後、

「吉兵衛さんは、旦那たちに頼みがあってみえたようでさァ」

と、言い添えた。

「は、はい、華町さまたちは、わたしらのような者を助けたり、無念を晴らしたりしてくれると聞いて参ったのです」

吉兵衛が、声を震わせて言った。

「まァ、そんなこともあったが……」

源九郎は語尾を濁した。

確かに、源九郎たちは弱い者の味方になって、ならず者たちを懲《こ》らしめたり、人攫《ひとさら》いから子供を助け出したりしてきた。ただ、無償ではない。依頼された者から相応の金を貰ってやったのである。

「な、七つになる倅の豊助《とよすけ》が、殺されたのです。……そ、その無念を晴らしてもらいたいのです。このままでは、倅は浮かばれません」

吉兵衛が、涙声で言った。

「殺した相手は、分かっているのか」

源九郎が訊いた。

その場にいた菅井、孫六、茂次の三人は無言で、吉兵衛を見つめている。

「盗賊です」

吉兵衛が言った。

「盗賊だと！」

源九郎が聞き返した。

「は、はい」

「どういうことだ」

「と、十日前の深夜、てまえの店に、賊が表戸を破って押し入ったのです。……

そのとき、豊助が賊に斬り殺されました」

吉兵衛が、声を震わせて言った。

「すると、吉兵衛の店は、本町《ほんちょう》四丁目にある松永屋《まつながや》か」

源九郎が、身を乗り出して訊いた。

七、八日前、源九郎は長屋に住む女房たちが井戸端で、噂話をしているのを耳にしていた。その話をまとめると、「本町四丁目の松永屋に盗賊が押し入り、大金を奪っただけでなく、七つになる子供を殺して逃げた」という内容だった。

「そうです。賊が押し入った夜、たまたま、豊助は厠《かわや》に起き、廊下で賊と鉢合わせして殺されたのです」

吉兵衛が話したことによると、豊助は、そばに寝ていた母親のおしげを起こし、寝間から厠にむかったそうだ。

おしげは、「ここで待っているから、ひとりで厠にいっておいで」と言って、豊助を座敷から出したという。

「おしげは、寝間から厠が近いこともあって、豊助が七つになってから、夜でも厠にひとりでやるようになったのです」

吉兵衛はそこまで話すと、口をつぐんだ。その晩のことを思い出し、胸から込み上げてきたものがあったようだ。

源九郎は黙って、吉兵衛が話し出すのを待っていた。

「おしげは、なかなか豊助が帰らないので心配になり、廊下に出て、厠にむかったそうです。……か、厠の近くに、豊助が倒れていて……。後で見たのですが、辺りは血に染まっていました」

吉兵衛はそこまで話すと、唇を強く結んで胸から込み上げてくるものに耐えていた。豊助の無残な姿を思い出したのだろう。

吉兵衛はいっとき間を置いてから、

「豊助は、廊下で、盗賊と顔を合わせたようです。……そ、その場で、殺されたのです」

と、声を震わせて言った。

「そうか」

源九郎は視線を膝先に落とし、いっとき黙考していたが、

「ところで、何か気がついたことはないか」

と、吉兵衛に訊いた。

「そう言えば、おしげが寝間で豊助がもどってくるのを待っているとき、奇妙な声を聞いたそうです」

「奇妙な声とは」

源九郎が身を乗り出して訊いた。

「キエエッ！ という化物《ばけもの》の叫び声とも、何か引き裂いた音のようにも聞こえたそうです」

「何の音かな。わしにも、分からぬ」

源九郎は、首を捻った。

吉兵衛は蒼褪めた顔で身を硬くしていたが、

「何としても、豊助の敵《かたき》を討ちたいのです」

と、語気を強くして言った。

「わしらの手で盗賊を討ち、吉兵衛と家族の無念を晴らしてやりたい」

源九郎が、重い響きのある声で言った。顔からふだんの穏やかな表情が消え、凄《すご》みを感じさせる。

つづいて、そばにいた菅井、孫六、茂次の三人も、豊助の敵を討ってやりたい、と口にした。

すると、吉兵衛が懐《ふところ》から袱紗《ふくさ》包《づつ》みを取り出し、

「ここに、百両用意しました。……華町さまたちが、命懸けの仕事に取り組むのに、百両は少ないかもしれませんが、これで、殺された豊助の無念を晴らしてもらいたいのです」

そう言って、袱紗包みを源九郎の膝先に置いた。

百両は、源九郎たち長屋の住人にとって、目にすることも稀な大金だが、大店《おおだな》になると、自分の店だけで何とか工面できるようだ。

以前、源九郎たちは、商家の主人の依頼で、やくざに攫われた娘を助け出したことがあった。そのときも、依頼金は百両だった。

「いただいておく」

源九郎は、袱紗包みに手を伸ばした。

三

源九郎、菅井、孫六、茂次の四人で、戸口まで吉兵衛を送り出した。

吉兵衛は、戸口で源九郎たちに、

「これで、亡くなった豊助の無念を晴らしてやれます」

と、言って、あらためて頭を下げた。

「吉兵衛、近いうちに店に寄らせてもらうかもしれんぞ。豊助が斬られた現場も見たいし、妻女に訊いてみたいこともあるのでな」

源九郎は、妻女が押し入った賊の声を聞いたり、姿を目にしたのではないかと思ったのだ。

「いつでも、お寄りください。おしげにも話しておきます」

吉兵衛はそう言い、あらためて源九郎たちに頭を下げてから、長屋の路地木戸の方へむかった。

吉兵衛の姿が遠ざかると、

「安田《やすだ》の旦那や平太《へいた》たちにも知らせやすか」

孫六が身を乗り出して言った。

安田十兵衛《じゅうべえ》と鳶《とび》の平太も、源九郎たちの仲間だった。安田も源九郎や菅井と同様、独り暮らしの牢人である。

「まだ、仲間を集めるのは早いな。もうすこし事件の様子をつかんでからだ」

源九郎がそう言うと、そばにいた菅井と茂次がうなずいた。

源九郎には、六人の仲間がいた。いずれも、長屋の住人である。

菅井、安田、孫六、茂次、平太、それに三太郎《さんたろう》という男だ。

三太郎は、砂絵描《すなえか》きだった。砂絵描きは染め粉で着色した砂を入れた小袋を色別に持参し、人出の多いところに場所を決めて、地面に砂を垂らして絵を描き、投げ銭を貰う大道芸である。

伝兵衛店には、菅井や三太郎のような大道芸人、独り暮らしの牢人、家族の世話になっている孫六のような男など、はぐれ者が多く住んでいた。それで、界隈《かいわい》には、伝兵衛店のことをはぐれ長屋と呼ぶ者がいたのである。

源九郎たち仲間の七人のなかに、腕のたつ者が何人かいて、相応の礼金をもらって、商家の用心棒としてやとわれたり、勾引《かどわ》かされた娘を助け出したりした。それで、源九郎たち七人は、はぐれ長屋の用心棒などと呼ばれるようになったのだ。ただ、長屋の住人たちは、源九郎たちを用心棒などと呼ばなかった。住人たちは、だれもが源九郎たちと似たような暮らしぶりだし、分《わ》け隔《へだ》てなく助け合って生きてきたので、特別な目で見るようなことはなかったのだ。

「ともかく、松永屋の事件のことを探ってみるか。……近所で聞き込めば、様子が知れるだろう」

源九郎が言うと、

「あっしも、行きやす」

孫六が身を乗り出して言った。

すると、その場にいた菅井と茂次も一緒に行くと言い出した。

「いや、近所で聞いてみるだけだ。賊のことを探るわけではないのでな。わしと孫六だけで、十分だ」

源九郎が、慌てて言った。


翌朝、源九郎は昨夜《ゆうべ》炊いた飯の残りを湯漬《ゆづけ》にし、梅干しを菜《さい》にして食べた。これから、松永屋のある本町四丁目まで行くので、腹拵《はらごしら》えをしたのだ。

源九郎が湯漬を食べ終え、丼や皿を片付けていると、戸口に近付いてくる足音がした。孫六である。孫六は中風をわずらったため、左足をすこし引き摺《ず》るようなところがあり、足音を聞いただけで、孫六と知れるのだ。

足音は戸口でとまり、

「旦那、いやすか」

と、孫六の声が聞こえた。

「いるぞ、入ってくれ」

源九郎が声をかけた。

すぐに、腰高障子がひらいて、孫六が姿を見せた。

「旦那、朝めしは」

孫六が訊いた。

「いま、食べ終えてな。片付けているところだ」

そう言って、源九郎は流し場から座敷にもどり、

「上がってくれ」

と、孫六に声をかけた。

「旦那、本町へ行きやしょう」

孫六が、土間に立ったまま言った。座敷には上がらずに、このまま源九郎とふたりで本町へむかうつもりらしい。

「すぐ、支度する」

源九郎は座敷に上がり、黒羽織を羽織った。そして、大小を腰に帯びた。武士らしく見せるためである。

源九郎は孫六とふたりで家を出ると、長屋の前の通りを南にむかった。竪川《たてかわ》沿いの通りに出るつもりだった。

源九郎たちの住む伝兵衛店は、本所相生町一丁目なので、松永屋のある日本橋本町四丁目へ行くには、大川《おおかわ》にかかる両国橋《りょうごくばし》を渡り、両国広小路を経て、奥州《おうしゅう》街道《かいどう》を西にむかわねばならない。

源九郎と孫六は竪川沿いの道に出ると、西に足をむけた。いっとき歩くと、両国橋の東のたもとに出た。人通りが急に多くなった。

源九郎と孫六は人通りのなかを西にむかい、両国橋に出た。橋を渡った先が、両国広小路である。そこは、江戸でも有数の盛り場で、様々な身分の老若男女が行き交っていた。通り沿いに水茶屋や屋台などが並び、物売りや見世物小屋の客引きなどが、行き交う人に声をかけている。

源九郎と孫六は、賑やかな両国広小路から奥州街道に入った。松永屋のある本町四丁目は、街道沿いにひろがっている。

源九郎と孫六は本町四丁目に入ってから、道沿いにあった笠屋に立ち寄った。旅人相手の店で、菅笠《すげがさ》や網代笠《あじろがさ》などが店先に並べられている。合羽《カッパ》も売っているらしく、「合羽処」と記された紙が貼ってあった。

「あっしが、店の親爺に訊いてきやす」

孫六はそう言い残し、笠屋に足をむけた。

源九郎は通りを行き交う人の邪魔にならないように、店の脇に立って孫六に目をやっていた。

孫六は、笠屋の店先にいた親爺に身を寄せて何やら話していたが、いっときすると、店先から離れた。

孫六は源九郎のそばに戻ると、

「松永屋が知れやしたぜ。ここから二町ほど歩くと、道沿いに店があるそうで」

そう言い、二階建ての大きな店で、脇の立て看板に店名が書いてあるので、すぐに分かると言い添えた。

「行ってみよう」

源九郎が先にたった。

街道を二町ほど歩くと、通り沿いに呉服屋らしい間口のひろい店が見えてきた。

「あの店だ」

源九郎が、呉服屋を指差して言った。

店の脇の立て看板に、「呉服物品々　松永屋」と記してある。

源九郎と孫六は、店の脇まで来て足をとめた。

「華町の旦那、大店ですぜ」

孫六が、松永屋を見ながら言った。

「繁盛している店のようだ」

源九郎が言った。客らしい者たちが、店に出入りしている。町人が多いようだが、供連れの武士の姿もあった。

「どうしやす」

孫六が訊いた。

「店の者ではなく、近所の者に訊いてみるか」

源九郎は、松永屋に入り、大勢いる奉公人をつかまえて事件のことを訊いても、まともに話してくれないだろう、と思った。それに、主人の吉兵衛や妻女のおしげからあらためて話を訊くのは、盗賊のことがすこし知れてからがいい。

四

「どうだ、ふたり別々に聞き込んでみるか」

源九郎が、孫六に訊いた。

「せっかく来たんだ。事件のことだけでなく、松永屋の評判も訊いてみやしょう」

孫六は、松永屋に目をむけながら言った。

「そうだな。半刻（一時間）ほどしたら、この場にもどることにして、別々に聞き込んでみよう」

源九郎がそう言い、孫六とその場で別れた。

ひとりになった源九郎は、通りの先に目をやり、松永屋の斜向《はすむ》かいにある瀬戸物屋の脇に、小径《こみち》があるのを目にとめた。

小径沿いには小体《こてい》な店が並び、行き来する地元の住人らしい町人の姿が見えた。

……近所の住人に、訊いてみるか。

源九郎は胸の内でつぶやき、瀬戸物屋の脇にある小径にむかった。

そこは、思ったより細い道だった。行き交う人はすくなく、子連れの女や年寄りが目についた。おそらく、近所に住む亭主たちの多くは働きに出て、家に残っているのは女や年寄り、それに子供たちなのだろう。長屋に似ている。

源九郎は、道沿いにある八百屋《やおや》の前で、子連れの年増《としま》が店の親爺と話しているのを目にとめた。年増は大根を手にしていた。大根を買った後、店の親爺と世間話でもしているようだ。

源九郎は、八百屋に足をむけた。そして、店の近くまで行くと、年増が源九郎に目をむけて口をつぐんだ。まだ、四、五歳と思われる女児は、母親の手を握りしめたまま目を剝《む》いて、源九郎を見つめている。

「また、来るね」

年増は親爺に声をかけ、女児の手を引いて、その場を離れた。

源九郎は親爺に目をやり、

「ちと、訊きたいことがあるのだがな」

と、声をかけた。

「何です」

親爺は、大根を手にしたまま訊いた。素っ気ない物言いである。源九郎のことを客ではない、と思ったからだろう。

「表通りにある松永屋を知っているな」

源九郎が言った。

「知ってやす」

親爺は、素っ気なく言った。

「わしは、町方とかかわりのある者だが、松永屋に押し入った賊は、金を奪っただけでなく、七つになる倅を手にかけたそうではないか」

源九郎が、眉《まゆ》を寄せて言った。

「へい、殺された子は、主人の吉兵衛さんも、御新造のおしげさんも、目の中に入れても痛くないほど可愛がっていた子なんです」

親爺はそう言って、涙ぐんだ。厳《いか》つい顔に似合わず、人情深い男のようだ。

「それでな、松永屋の夫婦のためにも、店に押し入った盗賊を捕らえて、処罰してやりたいのだ」

源九郎はそう言った後、

「盗賊のことで、何か耳にしたことはないか」

と、親爺に身を寄せて訊いた。

「耳にしたことはありやすが、盗賊とかかわりがあるかどうか、分からねえ」

親爺は、首を捻った。

「何でもいい。何か聞いていれば、話してくれ」

「近所に住む大工から、聞いたんですがね。松永屋に盗賊が押し入った二日前の暮れ六ツ（午後六時）過ぎに、松永屋の前を通りかかったとき、うろんな二本差しを見掛けたそうでさァ」

「その武士は、松永屋に押し入った盗賊と何かかかわりがあるのか」

源九郎が訊いた。

「かかわりがあるかどうか、あっしには分からねえが……。大工の話だと、その二本差しは、松永屋の斜向かいにある酒屋の脇に身を隠すようにして、松永屋の方に顔をむけてたそうですぜ」

「酒屋な」

源九郎は、松永屋の前を通りかかったとき、酒屋があるのを目にとめていた。松永屋の様子を探るには、いい場所かもしれない。

「あっしは大工から話を聞いて、その二本差しは、松永屋を探っていたとみてるんで」

親爺が、顎《あご》を前に突き出すようにして言った。

「その武士の身形《みなり》を聞いているか」

「聞いてやす。……小袖を着流し、大刀だけ差してたそうでさァ」

「そうか」

どうやら、真っ当な武士ではないらしい。身形からみても、身を持ちくずした牢人であろう。

それから、源九郎は親爺に、武士の年恰好や近くに仲間らしい男はいなかったか訊いたが、親爺は、大工から聞いていなかった。

「手間をとらせたな。また、話を聞きにくるかもしれん」

そう言い残し、源九郎は踵《きびす》を返した。

源九郎が表通りにもどり、松永屋に目をむけると、店の近くの路傍に孫六が立っていた。源九郎を待っているようだ。

源九郎は足早に孫六に近付き、

「待たせたか」

と、声をかけた。

「あっしも、来たばかりでさァ」

孫六が言った。

「どうだ、近くの蕎麦屋《そばや》にでも入って、腹拵えをしながら話すか」

源九郎が訊いた。腹が減っていたこともあったが、長屋を出たときから歩きまわっていたので、すこし疲れたのだ。孫六もそうだろう。

「そうしやしょう！」

孫六が声高に言った。

源九郎と孫六が表通りを歩くと、半町ほど先の道沿いに蕎麦屋があるのを目にした。大きな店ではなかったが、老舗《しにせ》らしい感じがする。

「あの蕎麦屋は、どうだ」

源九郎が、指差して訊いた。

「あの店に、入《へえ》りやしょう」

孫六が、すぐに言った。

ふたりは、蕎麦屋の暖簾《のれん》をくぐった。店内は狭かったが、土間には飯台が置かれ、その先には小上がりもあった。老舗らしい落ち着いた雰囲気がある。

土間に置かれた飯台に、客の姿があった。職人ふうの男がふたり、腰掛け代わりに置かれた空樽《あきだる》に腰を下ろし、酒を飲んでいた。そばを食べる前に、一杯やっているようだ。

源九郎と孫六は、客の姿のない小上がりに腰を下ろした。すぐに店の奥で下駄《げた》の音がし、板戸が開いた。姿を見せたのは、小女《こおんな》である。板戸の先が、調理場になっているらしい。かすかに水を使う音が聞こえる。

小女は源九郎と孫六のそばに来ると、注文を訊いた。

「蕎麦を頼むが、先に酒を頼む」

源九郎が言った。歩きまわって喉が乾いていたので、蕎麦を食べる前に一杯やろうと思ったのだ。孫六も同じ気持ちだろう。

「すぐ、お持ちします」

小女はそう言い残し、奥の板戸から調理場に入った。

五

先に、酒が届いた。源九郎は銚子《ちょうし》を手にし、

「孫六、一杯やってくれ」

と、声をかけた。

「済まねえ」

孫六は、照れたような顔をして猪口《ちょく》を手にした。そして、源九郎に酒をついでもらうと、猪口の酒を飲み干してから、銚子を持ち、

「旦那も、一杯やってくだせえ」

と言って、源九郎の猪口にも酒をついだ。

ふたりで酒をつぎ合って、いっとき飲んだ後、

「旦那、ちょいと、気になることを耳にしたんですがね」

と、孫六が声をひそめて言った。

「何だ、気になることとは」

源九郎が、猪口を手にしたまま訊いた。

「通りかかった夜鷹《よたか》蕎麦屋の親爺に、聞いたんですがね。親爺は、盗賊が松永屋に押し入る前の日の夜、商《あきな》いを終えて、松永屋の近くを通りかかったそうでさァ」

「それで」

源九郎が、話の先をうながした。

「親爺は、松永屋の斜向かいにある商いを終えた店の脇に、人影があるのを目にしたそうです。……ふたりいて、ふたりとも武士だったそうで」

「ふたりとも、武士か」

源九郎が聞き直した。

「まちがいねえ。あっしも、念のため、親爺に聞き直したんでさァ。……親爺は、ふたりとも、羽織袴《はかま》姿で大小を差していたと言ってやした」

「武士がふたり、松永屋を探っていたのか」

源九郎は、そのふたりが盗賊の仲間なら、松永屋に押し入った賊のなかには、武士がふたり以上いたとみていい、と思った。

「はっきりしねえが、松永屋の豊助を殺したのは、武士かもしれねえ」

孫六が言った。

「そう言えば、吉兵衛が、豊助は賊に斬り殺された、と話していたな」

源九郎も、豊助を手にかけたのは、武士かもしれない、と思った。武士といっても、無頼牢人もいるので、賊のなかに武士がくわわっていたとしても不思議はない。ただ、ひとりでなく、ふたり以上になると、ただの盗賊ではないだろう。

「旦那、やっかいな相手ですぜ」

孫六が、珍しく顔を強張らせて言った。

「ところで、町方は動いてないのか」

源九郎が、声をあらためて訊いた。

「賊が押し入った当初、岡っ引きたちが何人も松永屋に集まり、八丁堀《はっちょうぼり》の同心も姿を見せたそうでさァ」

孫六が言った。

「それで」

源九郎が、話の先をうながした。

「ところが、二日経ち、三日経ちすると、八丁堀の同心は姿を見せなくなり、岡っ引きたちも、滅多に来なくなったそうでさァ」

「町方は頼りにならない、と吉兵衛はみて、長屋に住むわしらのところへ、頼みに来たのだな」

源九郎は、吉兵衛が遠方の伝兵衛店を訪ねてきて、倅の無念を晴らしてほしい、と依頼した理由《わけ》が分かった。町方は頼りにならず、このままでは泣き寝入りするしかないと思ったからだ。

「旦那、栄造《えいぞう》に町方の動きを訊いてみやすか」

孫六が言った。

「そうだな」

栄造は、浅草《あさくさ》諏訪《すわ》町《ちよう》に住む岡っ引きだった。ふだんは、女房とふたりで、蕎麦屋をやっている。

これまで、源九郎たちは面倒な事件にかかわると、栄造の手を借りて探索にあたることがあった。

「栄造に話してみるか」

源九郎が言った。

「栄造なら、頼りになりますぜ」

「事件のことも、知っているのではないか」

源九郎は、栄造も事件にあたった町方と一緒に、松永屋にも来ているのではないか、と思った。

「明日にも、行ってみやしょう」

孫六が身を乗り出して言った。

そのとき、小女が、蕎麦を運んできた。

小女は、蕎麦を源九郎と孫六の前に置きながら、

「お酒は、どうします」

と、訊いた。銚子の酒が、なくなったとみたらしい。

「酒はいい。蕎麦を食べる」

源九郎はそう言って、箸を手にした。

源九郎と孫六は蕎麦を食べ終えて蕎麦屋を出ると、松永屋のある方へ足をむけた。変わりないか、店を見てから長屋に帰ろうと思ったのだ。

源九郎たちは、松永屋の近くまで言って足をとめた。

松永屋は店をひらいていて、客らしい者たちが出入りしていた。

「変わりないですぜ」

孫六が言った。

「そうだな」

松永屋に、変わった様子はなかった。客も頻繁に出入りしている。松永屋の嫡男、豊助が押し入った盗賊に殺されなければ、源九郎や孫六のような者には、縁のない店である。

「店に寄りやすか」

孫六が訊いた。

「やめておこう。いまのところ、吉兵衛夫婦に、話しておくようなことはないからな」

そう言って、源九郎が踵を返した。

孫六は、慌てた様子で源九郎の後についてきた。

六

源九郎は本町四丁目に出掛けた翌朝、長屋で朝飯を食べ終え、茶を飲んでいた。すると、戸口に近付いてくる足音がした。

足音は戸口の前でとまり、「旦那、いやすか」と声がした。孫六である。

「いるぞ」

源九郎が声をかけた。

すぐに、腰高障子がひらき、孫六が土間に入ってきた。

「旦那、朝めしですかい」

孫六が訊いた。源九郎の脇に置いてあった箱膳を目にしたらしい。

「めしを食べ終えてな。……茶を飲みながら、孫六が来るのを待っていたのだ」

「諏訪町へ、行きやすか」

孫六は、土間に立ったまま訊いた。

「出掛ける前に、孫六も茶を飲まないか」

「あっしも、朝めしの後、茶を飲んでから来やした」

「そうか」

源九郎は、「出掛けるか」と言って、腰を上げた。

源九郎と孫六は長屋の路地木戸を出ると、竪川の方へ足をむけた。ふたりは竪川沿いの道に出て、大川にかかる両国橋を渡った。そして、賑やかな両国広小路から神田川《かんだがわ》にかかる浅草橋を渡り、浅草御蔵の前を通り過ぎた。そこは、奥州街道である。街道沿いに、黒船町《くろふねちょう》、諏訪町と町並がつづいている。

諏訪町に入って間もなく、

「旦那、この道ですぜ」

孫六が言って、右手の路地に入った。

源九郎も、その道の先に、栄造が女房のお勝《かつ》とふたりでやっている蕎麦屋があることを知っていた。何度か、蕎麦屋に来たことがあったのだ。栄造は岡っ引きだったが、事件の探索にあたっていないときは、蕎麦屋を手伝っている。

路地に入って一町ほど歩くと、道沿いに見覚えのある蕎麦屋があった。店はひらいているらしく、店先に暖簾が出ていた。

店の名は、勝栄《かつえい》。亭主の栄造と女房のお勝の名から、一字ずつとって、店名を勝栄にしたらしい。それだけみても、栄造とお勝の夫婦仲がいいことが知れる。

「旦那、入《へえ》りやすぜ」

孫六が、先に暖簾をくぐった。

源九郎は、孫六の後につづいて店内に入った。土間の先が、板敷の間になっていて、そこに客がいた。若い男がふたり、蕎麦を食べている。ふたりとも、職人ふうだった。まだ、昼飯にはすこし早いが、何か相談することでもあって、蕎麦屋に立ち寄ったのかもしれない。

そのとき、右手奥の板戸がひらいて、お勝が顔を見せた。板戸の奥が、板場になっていたのだ。

「あら、華町の旦那と、孫六さん」

お勝が、笑みを浮かべて言った。源九郎と孫六は、何度も勝栄に来ていたので、お勝もふたりのことを知っていたのだ。

「いま、亭主を呼ぶわね」

お勝はそう言うと、すぐに板場にもどった。

待つまでもなく、栄造が姿を見せた。

「いらっしゃい。華町の旦那と番場町の親分、お久し振りで……」

栄造が、首をすくめて頭を下げた。照れたような顔をしている。岡っ引きが、蕎麦屋の仕事をしていたのを源九郎たちに見られたからだろう。

「まず、酒を頼むかな。……蕎麦は酒の後にしてくれ」

源九郎が頼んだ。職人ふうのふたりの男が帰ってから、事件の話をするつもりだった。それまで、酒をチビチビやりながら、待とうと思ったのだ。このところ、蕎麦屋でめしにするのがつづいたが、蕎麦屋に来て別のものは頼めない。

「お勝に、話してきやす」

栄造はそう言い残し、すぐに板場にもどった。

源九郎と孫六は、職人ふうの男がふたり、蕎麦を食べている土間の先の板間に腰を下ろした。ふたりの男とは、すこし間を取っている。

いっときすると、栄造が、徳利《とつくり》と盆に載せた肴《さかな》を運んできた。肴は漬物と冷《ひ》や奴《やつこ》だった。

「栄造、後で呼ぶから、仕事にもどってくれ」

と、源九郎が言った。事件の話をするのは、職人ふうの男たちが帰ってからである。

「承知しやした」

栄造は事情を察したらしく、すぐに板場にもどった。

源九郎と孫六が酒を飲み始めて、小半時（三十分）ほど経つと、ふたりの職人ふうの男が腰を上げた。

ふたりは板場にいた栄造に声をかけ、銭を払って店を出た。

栄造はふたりの男を見送ると、源九郎たちのそばに来て腰を下ろした。

「栄造、本町にある松永屋に賊が入ったのを知っているか」

源九郎が、声をひそめて訊いた。

「知っているも何も、松永屋に盗賊が入った次の日から本町に出掛け、事件のことを探ったんでさァ」

栄造が、声をひそめて言った。双眸《そうぼう》が、射るようなひかりを宿している。腕利きの岡っ引きらしい顔である。

「それなら、話は早い。実は、松永屋の主人の吉兵衛に、殺された倅の敵を討って欲しい、と頼まれたのだ」

源九郎が言った。

「そうでしたかい。……松永屋の主人夫婦は、一人っ子の倅を目の中に入れても痛くないほど可愛がっていたようだから、せめて盗賊を討つなり、捕らえるなりして、倅の敵を討ってやりたいんでしょうよ」

栄造はそう言って、ちいさくうなずいた。

「栄造も、本町に出掛けて盗賊のことを探ったのかい」

黙って聞いていた孫六が、身を乗り出して訊いた。

「探ったが、これといったことは、何も突き止められなかった。分かったことは、賊は武士の集団らしいということだけでさァ」

栄造が言った。

「賊は、武士の集団か！」

源九郎が驚いたような顔をして訊いた。賊のなかに武士がいたとはみていたが、武士の集団だとは、思わなかったのだ。

「賊が武士だけと決め付けられねえが、賊が松永屋に押し入った日の夜遅く、夜鷹蕎麦屋の親爺が近くを通りかかって、盗賊らしい男たちを目にしたんでさァ」

栄造が、夜鷹蕎麦屋の親爺に聞いた話によると、盗賊は五、六人いて、月明かりのなかにその姿が、ぼんやり見えたという。

おそらく、栄造も孫六と同じ夜鷹蕎麦屋の親爺から聞いたのだろう。

「盗賊と思われる男たちは、いずれもたっつけ袴で、腰に刀を差していたそうですぜ」

栄造が言った。

「たっつけ袴か!」

源九郎も、盗賊一味は武士たちではないかと思った。たっつけ袴で腰に刀を差していたとなると、武士とみていいだろう。

次に口をひらく者がなく、その場が重苦しい沈黙につつまれたとき、

「松永屋の吉兵衛の女房のおしげから聞いたんですが、賊が入った夜、奇妙な声を耳にしたそうですぜ」

栄造が、声をひそめて言った。

「わしも、その話を聞いたぞ。何の音か、はっきりしないが、キエエッ！　という化物の叫び声ともとれる音だった、と吉兵衛が言っていたが……」

「その音でさァ」

栄造が言った。

「人の叫び声か、それとも悲鳴か。刀をふるうとき、甲高《かんだか》い気合を発する者もいるが……。いずれにしろ、賊のひとりが、発した声とみていいのではないか」

源九郎が言うと、栄造がうなずいた。

源九郎と栄造が口をつぐみ、その場が静寂につつまれたとき、

「栄造、町方は、これからどうするんだい」

と、孫六が訊いた。

「事件にあたった町奉行所の同心の方たちも、今のところ、手の打ちようがねえようだ。一味のなかに、何人か武士がいたらしい、と分かっただけだからな」

栄造が言った。

事件現場に姿を見せた町奉行所の同心は、市井《しせい》で起こった事件にあたる定町《じようまち》廻《まわり》同心か臨時廻同心であろう。江戸市中で発生する事件は多いので、実際に松

永屋の事件にあたる同心は、ひとりかふたりにちがいない。

「栄造、何かあったら声をかけるから、手を貸してくれ」

源九郎が声をあらためて言った。

「承知しやした。松永屋に押し入った賊が捕らえられれば、あっしも鼻が高《たけ》えや」

そう言って、栄造がうなずいた。

源九郎は勝栄を出た後、伝兵衛店にむかいながら、

「此度《こたび》の件は、わしと孫六だけでは荷が重い。長屋の仲間たちの手を借りよう」

と、孫六に言った。

「亀楽《きらく》に、集まってもらうんですかい」

孫六が、身を乗り出して訊いた。

「そうだ」

源九郎が言った。

亀楽は、本所松坂町《まつざかちょう》の回向院《えこういん》の近くにある飲み屋だった。伝兵衛店から近く、源九郎たち長屋の仲間は、亀楽を贔屓《ひいき》にしていた。酒代は安かったし、肴は有り合わせの物が多く、手の込んだ物はなかったが、味は悪くなかった。それに、あ

るじの元造《もとぞう》に頼めば、他の客を断って、店を貸し切りにもしてくれる。源九郎たちが仲間と集まって相談するには、都合のいい店である。

「長屋に帰《けえ》ったら、すぐに仲間たちに声をかけやす」

孫六が意気込んで言った。

七

源九郎が蕎麦屋の勝栄で、栄造と事件のことを話した二日後、亀楽に七人の男が集まった。源九郎が孫六に頼んで長屋をまわってもらい、男たちに集まるように話したのだ。

源九郎、菅井、安田十兵衛、孫六、茂次、三太郎、平太の七人である。

七人を知る者は、はぐれ長屋の用心棒と呼んでいた。七人は、牢人やその道から挫折したはぐれ者などが多かったからである。

店内に、他の客はいなかった。あるじの元造が、源九郎たちのために他の客を断って貸し切りにしてくれたのだ。

源九郎たち七人は、土間に置かれた飯台を前にして腰掛けになっている空樽に腰を下ろした。

元造が板場に戻ると、入れ替わるように、店を手伝っているおしずが姿を見せた。おしずも、はぐれ長屋の住人で、平太の母親でもあった。

「肴は、どうします」

おしずが、訊いた。

「肴は、いつものように有り合わせでいい」

源九郎が言った。

そばにいた菅井たちは、無言でうなずいた。若い平太を除いて、いずれも酒好きだった。肴には、あまりこだわらない。

「漬物と冷や奴なら、すぐ用意できます」

おしずが言った。

「それでいい」

菅井が言うと、

「おしずさん、先に酒を頼む」

孫六が、身を乗り出して言い添えた。

「はい、すぐに用意します」

おしずはそう言い残し、踵を返して板場にむかった。

いっときすると、おしずと元造が盆にのせて、七人分の銚子と猪口、それに肴として小鉢に入った漬物と冷や奴を運んできた。

「まず、一杯、やろう」

そう言って、源九郎が銚子を手にし、脇に腰を下ろしていた孫六の猪口に酒をついでやった。

「ありがてえ。長屋のみんなと飲む酒は旨《うめ》えからな」

孫六は酒好きだが、一緒に住んでいる娘夫婦に気兼ねして、家で飲むことはすくなかった。それで、長屋の仲間たちと酒を飲むのを楽しみにしていたのだ。

源九郎はその場に集まった六人が、いっとき酒を飲むのを待ってから、

「今日、みんなに集まってもらったのは、長屋に来た松永屋の吉兵衛さんに依頼された件だ」

と、切り出した。

その場にいた六人の男は飲むのをやめ、一斉に源九郎に顔をむけた。

すでに、菅井、孫六、茂次の三人は、松永屋の主人に、倅の敵を討って欲しいと頼まれたことは知っていた。他の三人も、噂は耳にしているはずである。

「松永屋に頼まれたことは、盗賊に殺された倅の豊助の敵を討つことだ」

源九郎は、あらためて男たちに言った。

「敵討ちだな」

安田が、猪口を手にしたまま言った。

安田は牢人で、長屋に独りで住んでいた。大酒飲みで、長屋の者たちは陰で飲《のん》兵衛《べえ》十兵衛《じゆうべえ》と呼んでいる。

安田の家は御家人だったが、家を継いだ兄と馬が合わずに家を飛び出し、長屋で独り暮らしを始めたのだ。そして、食べていくために、近所の口入れ屋に出入りし、普請場《ふしんば》の力仕事や桟橋《さんばし》の荷揚げなどの力仕事をしていた。源九郎や菅井と同様、はぐれ者といってもいいだろう。

安田は剣の遣い手だった。子供のころから、一刀流の町道場に通い、源九郎や菅井と同じように剣の腕を上げたのだ。

「敵討ちだが、容易な相手ではないぞ」

源九郎は、そう前置きし、

「盗賊は武士の集団らしいことは分かったが、豊助を手にかけたのが、何者なのかはつかんでいない。いずれにしろ、盗賊一味を相手にすることになるな」

源九郎が言うと、その場にいた男たちは口をつぐんだ。だれもが、容易な相手ではないと察したようだ。

　いっとき、店内は重苦しい沈黙につつまれていたが、

「おれは、やる！」

　と、菅井が強い響きのある声で言った。

「あっしも、やりやす」

　茂次がつづいた。

「おれも、やろう」

　安田が、茂次につづいて言った。

　すると、その場にいた他の男たちも、やる、やる、と言い出した。

「これで、決まった。ここにいる七人で、豊助の敵を討つ。当然、相手は、盗賊一味ということになるな」

　源九郎が、六人の男に目をやって言った。

　そして、源九郎は懐から布袋を取り出した。ずっしりと重い。布袋のなかには、松永屋の吉兵衛から貰った百両が入っていた。小判ではない。百両分の一分銀である。

　すでに、源九郎は一分銀をつつんであった切餅《きりもち》の紙を破り、一分銀を取り出し

てあったのだ。その一分銀だけが、布袋のなかに入っていた。切餅は一分銀を百枚、二十五両を紙でつつんだものである。一分銀が四枚で一両なので、布袋には四百枚入っている。ただ、一分銀は小粒なので、それほどの嵩《かさ》はとらない。

「布袋に、一分銀が百両分入っているが、ひとり頭、十両分の四十ずつ分けたらどうかな。……三十両分残るが、今日の酒代とこれから先の分として、取っておいたら」

源九郎が、その場にいた男たちに目をやって言った。

「三十両あれば、好きなだけ酒が飲めやすぜ」

孫六が嬉しそうな顔をして言った。

「十両ずつ分けてくれ」

菅井が言うと、その場にいた男たちはすぐに承知した。

源九郎は脇にいた孫六に手伝ってもらい、一分銀を四十枚ずつ分けた。そして、源九郎は男たちが分け前を巾着《きんちゃく》や財布にしまうのを待ってから、

「さァ、今夜は、金の心配はせずに飲んでくれ」

と、声をかけた。

すると、その場にいた男たちの間から、「飲むぞ！」「今夜は、寝ずに飲む」などという声が聞こえた。

第二章　探索

一

菅井が、源九郎の家に来ていた。七人の仲間が亀楽で会い、松永屋に押し入った賊のことで相談した翌日である。

「華町、どうする」

源九郎に訊いた。

「ともかく、松永屋の近くで聞き込みにあたり、盗賊の正体を摑《つか》むしかないな。……盗賊は、五、六人いて、いずれも武士らしいので、その辺りから聞き込みにあたれば、何か出てくるのではないか」

源九郎が言った。

「華町の旦那、栄造はどうしやす。蕎麦屋に立ち寄って、栄造も連れていきやすか」

孫六が訊いた。

「いや、栄造と一緒に行くのは、盗賊の正体が見えてきてからにしよう。今は、松永屋の近くで、聞き込みにあたるしか手がないからな」

源九郎が言うと、孫六と菅井がうなずいた。

「出掛けるか」

源九郎が腰を上げた。

五ツ（午前八時）ごろだった。長屋は、ひっそりとしていた。男たちの多くは働きに出て、家に残った女房子供は、長屋のそれぞれの家にいるはずである。女房子供が動き出すのは、もうすこし経ってからだろう。

源九郎たち三人は長屋の路地木戸から出ると、竪川沿いの通りを経て、賑やかな両国広小路に入った。そして、奥州街道を西にむかった。街道の先に、松永屋はある。源九郎たちは、長屋から松永屋まで行き来していたので、その道筋は分かっていた。

源九郎たちが本町四丁目に入っていっとき歩くと、街道沿いに二階建ての店屋が見えてきた。松永屋である。

「変わりないようですぜ」

孫六が言った。

「そうだな」

松永屋は、前に見たときと変わっていなかった。繁盛しているらしく、町人だけでなく武士の客も出入りしている。

源九郎たちは、松永屋の手前で足をとめた。

「どうする」

菅井が訊いた。

「松永屋で、その後、何かあったか訊いてみやすか」

孫六が言った。

「いや、店に入るのは、やめておこう。変わったことはないようだし、商売の邪魔をするだけだ」

源九郎は、松永屋の者に訊いても新たなことは出てこないだろう、と思った。

「この辺りで別れて、聞き込みにあたりやすか」

そう言って、孫六が源九郎と菅井に目をやった。

「そうだな。すでに、町方も御用聞きたちも、界隈で聞き込みにあたったはずだ。……どうだ、事件前、松永屋のことを探っていた武士はいないか。近頃、金遣いの荒くなった武士はいないか。武士に絞って、聞き込んでみるか」

源九郎が言った。

「武士に絞れば、何かつかめるかもしれんな」

菅井が言い添えた。

源九郎たち三人は、一刻（二時間）ほどしたら、この場にもどることにして別れた。

ひとりになった源九郎は、通りの左右に目をやり、近くに話の聞けそうな店がないか探した。

源九郎は、松永屋の斜向いに酒屋があるのを目にとめた。以前、源九郎が近くの路地に入って、松永屋に押し入った賊のことを訊いたとき、話に出た酒屋である。

……あの酒屋で、訊いてみるか。

源九郎は、酒屋に足をむけた。

酒屋の戸口の脇に、水を入れた桶が置いてあった。酒屋の戸口には水を入れた桶が置いてあることが多いが、酒を買いに来た者が徳利を洗うためである。

源九郎は酒屋に入った。幸い客の姿はなく、酒樽の置かれた棚の奥の座敷にいた店の主人《あるじ》らしい男が、源九郎の姿を見て、すぐに近寄ってきた。

「旦那、酒ですかい」

年配の主人らしい男が、訊いた。この酒屋は、店のなかで客に酒を飲ませることもあり、町人だけでなく、牢人なども立ち寄って酒を飲むことがあるのだろう。

「ちと、訊きたいことがあってな。……酒は、今度来たときにしよう」

源九郎が言った。

「なんです」

主人らしい男の顔から、愛想笑いが消えた。源九郎が客ではない、と分かったからだろう。

「そこに、松永屋という呉服屋があるな」

源九郎が指差して言った。

「ありやすが……」

「盗賊が押し入り、幼い子供が殺されたことは、知っているな」

源九郎が声をひそめて言った。

主人らしい男は、戸惑うような顔をし、

「旦那は、奉行所のお方ですか」

と、小声で訊いた。

「まァ、そんなところだ」

源九郎は、否定しなかった。町奉行所の者と思わせておけば、話が訊きやすいと思ったのだ。

「松永屋に押し入った賊のなかに、武士が何人もいたようだが、何か思い当たることはないか」

源九郎が小声で訊いた。

「盗賊の噂は、聞きやした」

主人らしい男も、小声で言った。

「賊たちは、たっつけ袴で、刀を差していたようだが、心当たりはないか」

さらに、源九郎が訊いた。

「心当たりと、言われても……」

主人らしい男は、小首を傾《かし》げた。

いっときすると、主人らしい男は何か思いついたのか、

「そう言えば、てまえも、松永屋に盗賊が押し入る二日前の夕方、たっつけ袴姿の武士が、道端に立って松永屋の方に顔をむけているのを見ました」

と、源九郎に目をむけて言った。

「その武士のことで、何か気付いたことはないか。……たとえば、どこかの店で見掛けたとか。仲間らしい男と、歩いているのを目にしたとか」

「あ、あります！」

主人らしい男の声が、急に大きくなった。

「どこで見た」

源九郎が、身を乗り出して訊いた。

「緑橋《みどりばし》の近くでさァ」

「そうか」

緑橋は、浜町堀《はまちようぼり》にかかっている。緑橋は奥州街道の道筋にあるので、源九郎たちは緑橋を渡って本町四丁目まで来たのだ。

「緑橋の一町ほど手前を歩いているとき、たっつけ袴姿の武士がふたり、何か話しながら歩いてくるのを見掛けました。そのふたりのうちのひとりが、松永屋に

目をやっていた武士に似ていたような気がしますが……」

主人らしい男は、語尾を濁した。似ていたような気がするだけで、同一人物かどうかはっきりしないのだろう。

「ふたりのことで、他に気付いたことはないか」

源九郎が、訊いた。

「てまえには、よく分かりませんが、剣術の話をしていたような気がします」

そう言って、主人らしい男は首を捻った。

「剣術の話な……」

源九郎は、語尾を濁した。武士が、剣術の話をしていたと聞いても、そこからふたりのことを探るのはむずかしい。

源九郎が黙ると、

「てまえは、忙しいもので……」

そう言って、主人らしい男は源九郎に頭を下げて店先から離れた。

源九郎は酒屋を出ると、松永屋の近くにもどった。

二

松永屋の脇に、菅井と孫六の姿があった。先にもどって、源九郎が来るのを待っていたらしい。

「待たせたか」

源九郎が訊いた。

「いや、おれたちも、来たばかりだ」

菅井が孫六に目をやって言うと、孫六がうなずいた。

「どうだ、ここで立ち話はできないし、帰りながら話すか。実は、来る途中で通った緑橋の近くで、松永屋の様子を探っていたと思われる武士を見掛けた者がいるのだ」

源九郎が言った。

「おれも、松永屋を探っていたらしい武士の姿を見掛けた者の話は聞いたが、緑橋近くのことは聞かなかったな」

菅井が、つぶやくような声で言った。

「あっしも、松永屋を探っていた武士のことは聞きやしたが、緑橋近くのことは聞いてねえ」

孫六が、菅井につづいて言った。

「ともかく、緑橋まで行ってみないか」

源九郎が言った。

「行きやしょう。どうせ、長屋に帰《けえ》る途中だ」

孫六が言うと、菅井がうなずいた。

源九郎たち三人は奥州街道を引き返し、緑橋にむかった。そして、緑橋の近くまで来ると、源九郎が路傍に足をとめ、

「この辺りは、武家地ではない」

そう言って、通り沿いに目をやった。

奥州街道沿いには旅人相手の商店や民家が並んでいたが、武家屋敷はなかった。行き交う人も、旅人や地元の住人と思われる町人が多い。

「武士の住む屋敷など、ありそうもないな」

菅井が言った。

「念のため、この辺りに、武士の住む家があるかどうか、街道沿いの店で訊いてみるか」

源九郎が、菅井と孫六に目をやって言った。

すると、街道沿いに目をやっていた孫六が、

「あっしが、そこの笠屋で訊いてきやすよ」

と言って、街道沿いにあった笠屋を指差した。

店先に、菅笠、網代笠、編笠などが並べてあった。合羽処と書いた張紙もあった。笠だけでなく、合羽も売っているらしい。奥州街道沿いの店なので、旅人相手の品を揃えているようだ。

孫六は足早に笠屋にむかい、店先にいた店の主人らしい男となにやら話していたが、いっときすると踵を返し、源九郎たちのそばにもどってきた。

「知れやしたぜ」

すぐに、孫六が言った。

「この近くに、武士の住む家があったのか」

源九郎が訊いた。

「家があったかどうか、分からねえが、この街道の先の横山町《よこやまちょう》二丁目に、剣術道場があったそうですぜ」

「剣術道場だと!」

源九郎が聞き返した。

「へい、笠屋の親爺は、横山町二丁目まで行って訊けば、剣術道場のことは知れるはずだと言ってやした」

「行ってみるか」

源九郎が言った。横山町二丁目ははぐれ長屋に帰る途中に通るので、聞き込みにあたるのも面倒ではない。

源九郎たちは横山町二丁目に入ると、路傍に足をとめた。そして、通りの左右に目をやったが、近くに剣術道場と思われる建物はむろんのこと、武士の住むような家屋敷はなかった。

「街道沿いに、剣術道場があるとは思えねえ」

孫六が首を傾げた。

「おれたちは、何度もここを通っている。剣術道場があれば、気付いているはずだ」

菅井が言った。

「この辺りから右手の通りに入り、町人地を過ぎれば、武家地になっているはずだ」

源九郎は、その武家地に、御家人や旗本の屋敷がつづいていることを知っていた。剣術道場のある場所が町人地であっても、近くに多くの旗本や御家人の住む武家地があれば、門弟《もんてい》は集まるだろう。

「この辺りで、剣術道場のことを訊いてみやすか」

孫六が言った。

「おれが、そこの瀬戸物屋で訊いてくる」

菅井が言い残し、街道沿いにあった瀬戸物屋にむかった。

瀬戸物屋の店先の台に、皿や丼などが並び、店内の棚には湯飲みや茶碗などが置いてあった。店の主人らしい男が、はたきを使って瀬戸物の埃《ほこり》を払っている。

菅井は主人らしい男に声をかけ、店先に立ったまま何やら話していたが、いっときすると踵を返して、源九郎たちのいる場にもどってきた。

「剣術道場のある場所が、知れたぞ」

すぐに、菅井が言った。

「この近くか」

源九郎が訊いた。

「道場は、この先の下駄屋の脇の道を入った先らしい」

そう言って、菅井が半町ほど先にある下駄屋を指差した。店先に娘がふたり立って、台に並べられた下駄を見ている。近所に住む娘が、下駄を買いにきたらしい。その下駄屋の脇に細い道があった。

「行ってみるか」

源九郎が言った。

三

源九郎、菅井、孫六の三人は、下駄屋の脇の細い道に入った。道沿いには、町人の住む家や小体《こてい》な商店などが軒を連ねていた。その道をしばらく歩くと、武家地に入ったらしく、道沿いには武家屋敷が並んでいた。御家人や小身《しょうしん》の旗本の屋敷が多いらしく、豪壮な門や広い敷地のある屋敷は見られなかった。

源九郎が、武家屋敷の築地塀《ついじべい》の前で足をとめ、

「この辺りに住む者に、訊いてみるか」

と言って、菅井と孫六に目をやった。

「探しまわるより、訊いた方が早《はえ》えな」

孫六はそう言って、辺りに目をやり、

「むこうから、中間《ちゅうげん》らしい男が来やす。あっしが、訊いてみやす」

と言って、通りの先を指差した。

見ると、中間ふうの男がふたり、なにやら話しながら歩いてくる。近所の武家屋敷に仕える中間であろう。

「旦那たちは、この辺りで待っててくだせえ」

孫六はその場を離れ、小走りに通りの先にむかった。

孫六はふたりの男に近付くと、何やら声をかけ、三人で足をとめて路傍で話していた。話はすぐ終わったらしく、ふたりの中間は源九郎たちの方へ歩きだした。孫六はひとり路傍に立っている。

源九郎と菅井は、孫六のいる方へむかった。途中、ふたりの中間と顔を合わせたが、何も言わずに擦れ違った。

源九郎と菅井が孫六に近付くと、

「剣術道場のある場所が知れやした」

孫六が、言った。

「どこだ」

源九郎が訊いた。

「あっしらが、来た道の近くでさァ」

孫六はそう言って、来た道を引き返し始めた。源九郎と菅井は、孫六の後について いく。

孫六は武家地から町人地にもどり、いっとき歩くと、道沿いにあった板塀《いたべい》をめぐらせた家の脇で足をとめた。その家の脇に、別の道がある。

孫六は、源九郎と菅井が身を寄せるのを待ち、

「道場があるのは、この道の突き当たりのようですぜ」

そう言って、道の先を指差した。細い道である。

「行ってみよう」

源九郎が言った。

また、孫六が先にたち、源九郎と菅井がすこし間をとって細い道に入った。道沿いに、民家や空き地などがつづいていた。人通りは少なく、道端で遊んでいる子供や買い物にでも来た女房らしい年増などを見かけるだけである。

「あれだ！」

孫六が足をとめて、道の先を指差した。

半町ほど先だろうか。道沿いに、板塀をめぐらせた建物が見えた。

「道場に間違いない」

菅井が、断定するように言った。

建物の側面は、板壁《いたかべ》になっていた。その板壁に、武者窓《むしやまど》がある。剣術道場とみていいだろう。

「だれも、いないようだ」

源九郎が言った。

道場から、人声も物音も聞こえなかった。ひっそりとしている。

「近付いてみるか」

菅井が言い、道場にむかって歩き出した。

源九郎と孫六は、菅井の後につづいた。三人は、道場の脇まで来て足をとめた。道場は静かで、人のいる気配がなかった。

「すこし、傷んでいるな」

源九郎が、声をひそめて言った。

道場の脇の板壁に、剝《は》げている箇所があった。それに、道場の前の庇《ひさし》が朽ちて、垂れ下がっている。

「だいぶ前に道場は閉じて、そのままになっているようだ」

菅井が言った。

「道場主は、いないのかな」

孫六が、道場に目をやりながら言った。

「近所で、訊いてみるか」

源九郎が道場の前の道に目をやり、

「道場の先に、家がある。家の住人に、訊いてみよう」

そう言って、道場の方に足をむけた。

源九郎の後に、菅井と孫六がつづいた。三人は道場の前まで来ると歩調を緩め、なかの様子をうかがいながら歩いた。

道場は静寂につつまれ、人のいる気配はなかった。それに、久しく道場に出入りした者はいないらしく、道場の板戸は閉じられ、最近開け閉めした様子はなかった。

源九郎たちは道場の前を通り過ぎ、半町ほど先にあった民家の前で足をとめた。間口の狭い平屋である。誰かいるらしく、障子を閉めるような音が聞こえた。

「あっしが、訊いてきやす」

孫六が言い、戸口の板戸を叩いた。

すると、家のなかの物音がやみ、「どなた、ですか」と女の声がした。

「通りがかりの者ですが、近所の剣術道場のことで、訊きてえことがありやす」

孫六が声をかけた。

家のなかから返事はなく、物音も聞こえなかった。女は、戸口にいる孫六を警戒しているようだ。

「そこに剣術の道場がありやすが、開いてるんですかい。あっしがお仕えしている方に、倅に剣術を習わせたいので、見てきてくれ、と頼まれてきたんでさァ」

孫六が、咄嗟《とっさ》に思いついたことを口にした。

すると、戸口に近付いてくる足音がし、

「道場は、閉じたままですよ」

と、女の声がした。

「いつごろ、閉じたんで」

「三、四年前でしょうか」

「道場主の名を知ってやすか」

さらに、孫六が訊いた。

「安原源之助《やすはらげんのすけ》様です」

女が、道場主の名を口にした。

「道場にはいないようですが、ふだん、どこにいるんです」

「道場の裏手に、母屋《おもや》がありましてね。ふだん、そこにいるはずですが、近頃は留守にすることが多いようですよ」

「道場の門弟たちは、いないのかい」

「時々、母屋を訪ねてくる武家の方がいるようですが、近頃はあまり見掛けませんト」

女の物言いが、素っ気なくなった。見ず知らずの男と、話し過ぎたと思ったのかもしれない。

「手間をとらせたな」

孫六はそう言って、戸口から離れた。

そばにいた源九郎と菅井は、孫六の後につづいた。三人は、道場の前まで行って足をとめた。

「裏の母屋に安原がいるかどうか、確かめてみるか」

源九郎が言った。

「母屋に行ってみやしょう」

孫六が言うと、菅井がうなずいた。

四

源九郎たち三人は、道場の脇にある小径を目にした。裏手に通じているらしい。三人は、周囲に目を配りながら裏手にむかった。

道場の裏手に、母屋があった。母屋の戸口から道場の裏手まで、五、六間しかない。その間の地面が踏み固められているので、母屋に住んでいた道場主の安原は、道場の裏手から出入りしていたのかもしれない。

母屋はひっそりとしていたが、かすかに廊下を歩くような足音が聞こえた。

「誰か、いるぞ!」

源九郎が声を殺して言った。

「その、椿《つばき》の陰に隠れやしょう」

孫六が小声で言い、母屋の脇で枝葉を繁らせていた椿を指差した。

源九郎たち三人は、忍び足で椿の樹陰に身を隠した。

家のなかで、障子を開け閉めするような音がした後、家のなかはひっそりとして、何の物音も聞こえなくなった。

「あっしが、様子を見てきやしょうか。あっしなら安原が出て来ても、何とかごまかせまさァ」

孫六はそう言い残し、ひとり母屋の戸口にむかった。そして、戸口に立つと、耳を澄ませて家のなかの様子をうかがった。

廊下を歩くような音がした。裏手にむかうらしく、足音は遠ざかっていく。

孫六は、音のしないように戸口の板戸をすこしだけあけて、家の中を覗いた。

土間の先が狭い板間になっていて、その先に座敷があった。座敷の脇の廊下に、男の姿が見えた。すこし腰の曲がった老人である。下働きかもしれない。男は耳が遠いのか、戸口の板戸をあける音も聞こえなかったらしい。

「御免よ！」

孫六が声高に言った。

すると、廊下にいた男は、ギョッとしたように身を竦《すく》めた。そして、恐る恐る背後に顔をむけた。土間に立っている孫六の姿を見て、驚いたような顔をした。見ず知らずの男だったからだろう。

「すまねえ、脅かしちまったらしい。おれは、安原の旦那に用があって来たのよ。……旦那はいるかい」

孫六が、もっともらしく言った。

男は安心したように表情をやわらげ、

「それが、旦那さまは、出掛けてるんです」

と、言って、孫六に頭を下げた。

「何処《どこ》へ、出掛けたんだい」

孫六が訊いた。

「何処へ出掛けたか分かりません。近頃、安原さまは家にいることがすくなく、出掛けてばかりで……」

男が、目をしょぼしょぼさせて言った。

「安原の旦那の仲間が、この家を訪ねてこねえかい」

孫六は、安原が松永屋に押し入った賊のひとりとみて、そう訊いたのだ。

「きます」

男は、急に声をひそめた。表情が、硬くなっている。男の胸の内にも、安原は何か悪事に手を染めているのではないか、との思いがあるのかもしれない。

「仲間も、二本差しかい」

「お武家さまです。……道場の門弟だった方も、ここに見えることがありますよ」

「名は分かるかな」

孫六が、それとなく訊いた。

「ひとりだけ、分かります」

「何てえ名だい」

「青島政次郎《あおしままさじろう》さまで、師範代だった方です」

「他に、知っている方はいねえかい」

「顔なら、何度か見掛けたので分かりますが、名は聞いてないので」

男はそう言って口を閉じ、その場を離れたそうな素振《そぶ》りを見せた。見ず知らずの男と話し過ぎたと思ったらしい。

「ところで、何処へ行けば、安原の旦那と会えるんだい」

さらに、孫六が訊いた。

「小料理屋に行けば、会えるかも知れません」

男はそう言った後、口許《くちもと》に薄笑いを浮かべ、「旦那さまの情婦《いろ》が、小料理屋の女将《おかみ》のようでして」と小声で言い添えた。

「その小料理屋は、どこにあるんだい」

「千鳥橋《ちどりばし》の近くと聞きましたが……」

男は首を捻った。はっきりしないらしい。

「小料理屋の名は」

さらに、孫六が訊いた。

「分かりません。店の名は聞いてないので」

男は、その場から離れたいような素振りを見せた。

孫六も、男からそれ以上訊くことがなかったので、

「手間をとらせたな」

と、男に声をかけて、踵を返した。

孫六は源九郎と菅井のいる場にもどり、家にいた男から聞いたことをかいつまんで話してから、「千鳥橋まで、行ってみやすか」と、訊いた。

「そうだな。小料理屋に、安原がいるかもしれんな。……わしは、安原が事件とかかわりがあるような気がする」

源九郎が、語気を強くして言った。

「あっしも、そうでさァ」

「ともかく、行ってみよう」

そばにいた菅井が、身を乗りだして言った。

源九郎、菅井、孫六の三人は来た道をひきかえし、奥州街道に出た。そして、街道を西にむかった。来た道をもどったのである。

いっとき歩くと、浜町堀にかかる緑橋が見えてきた。源九郎たちは、緑橋のたもとに出ると、掘割沿いの道を南にむかった。すぐに、掘割にかかる橋が見えてきた。汐見橋《しおみばし》である。

汐見橋のたもと近くに行くと、その先にかかる千鳥橋が見えた。このあたりは橘町《たちばなちょう》である。

源九郎たち三人は千鳥橋のたもとまで行き、橋を行き来する人の邪魔になるので、堀際に身を寄せた。

「小料理屋の名は、分かるのか」

菅井が訊いた。

「それが、分からねえんで」

孫六が話を聞いた下働きの男も、小料理屋の名は知らなかったことを言い添えた。

「この近くに、小料理屋が何軒もあるとは思えぬ。どうだ、半刻（一時間）ほどしたら、また、この橋のたもとにもどることにして、三人別々になって小料理屋を探さないか」

源九郎が言うと、菅井と孫六がうなずいた。

五

ひとりになった源九郎は、掘割沿いの道に目をやり、橋のたもとからすこし離れた場所に、蕎麦屋があるのを目にとめた。その蕎麦屋の脇に道があり、人が行き来していた。道沿いに、店屋が並んでいる。

……小料理屋も、ありそうだ。

と、源九郎は思い、蕎麦屋の脇の道に入った。

浜町堀沿いの道ほどではないが、脇道にも人通りがあり、料理屋や一膳めし屋などの飲み食いできる店もあった。

源九郎が脇道に入って一町ほど歩くと、道沿いにある小料理屋らしい店が目にとまった。間口の狭い店だが二階建てで、入口が洒落《しゃれ》た格子戸になっていた。入口の脇の掛看板《かけかんばん》に、「御料理　御酒　千鳥屋《ちどりや》」と記してある。

……この店かな。

源九郎は、胸の内でつぶやいた。

店に入って確かめる訳にはいかないので、近所で訊いてみようと思った。通りの先に目をやると、千鳥屋から半町ほど離れた道沿いに下駄屋があった。店の前の台に、赤や紫などの鼻緒のついた下駄が並んでいる。客の姿はなく、店の親爺らしい男が台の上の下駄を並べ替えていた。

源九郎は下駄屋の親爺に近付き、

「ちと、訊きたいことがある」

と、声をかけた。

「何です」

親爺は、無愛想な顔をして源九郎を見た。声をかけた武士が、客ではないと分かったからだろう。

「この先に、千鳥屋という小料理屋があるな」

源九郎が、指差して言った。

「ありやすが」

親爺が、小料理屋に目をむけた。

「女将の名を知ってるか。……わしの知り合いが、千鳥屋に来たことがあってな。色っぽい女将がいると、話していたのを耳にしたのだ」

源九郎は、親爺に喋《しやべ》らせるために適当な作り話を口にした。

「お京《きよう》さんですかい」

親爺は、そう言った後、源九郎に身を寄せ、

「旦那、お京さんに手を出すと、命がいくつあっても足りませんよ」

と、声をひそめて言った。女将の名はお京らしい。

「どういうことだ」

源九郎が訊いた。

「お京さんには、怖《こえ》え情夫《いろおとこ》がいるようですよ」

「武士か」

源九郎は、その情夫は、安原源之助だろう、と思った。

「そうでさァ」

「ところで、その情夫は、今日も千鳥屋に来ているのか」

「分からねえ。ずっと、千鳥屋を見てたわけじゃァねえから」

親爺は見ず知らずの武士とすこし話し過ぎたと思ったのか、口をつぐんで、台

の上の下駄を並べ替え始めた。

源九郎はこれ以上、親爺から訊くことはないと思い、下駄屋の店先から離れた。そして、掘割沿いの道にもどろうと思い、来た道を歩き始めた。そのとき、前方に足早に歩いてくる孫六の姿が見えた。

源九郎は、路傍に足をとめたまま孫六が近付くのを待ち、

「孫六、どうした」

と、声をかけた。

「この辺りに、安原の情婦のいる小料理屋があると聞いて、来たんでさァ」

孫六が言った。

「その小料理屋なら、その店だ」

源九郎が、千鳥屋を指差して言った。

「安原は店に来てやすか」

孫六が、身を乗り出して訊いた。

「分からん。まだ、店のなかの様子を探っていないのでな」

「あっしが、店を覗いて来やしょうか」

「安原は遣い手かもしれぬ。……迂闊《うかつ》に近付くと、命はないぞ」

源九郎が、顔を厳しくして言った。

「用心しやす」

そう言い残し、歩きだした孫六の足が、ふいにとまった。顔を千鳥屋にむけたままである。

「旦那、だれか店から出てきやした」

孫六が小声で言った。

千鳥屋の格子戸があいて、男がひとり姿を見せた。武士ではなく、遊び人ふうの男である。

男は千鳥屋から通りに出ると、肩を振るようにして浜町堀の方へむかった。

「あの男に、訊いてきやす」

孫六がそう言い残し、男の方へ小走りにむかった。

源九郎は、黙っていた。この場は孫六に任せようと思い、千鳥屋からすこし離れた路傍に立って、孫六と遊び人ふうの男に目をやっている。

孫六は遊び人ふうの男に何やら声をかけ、ふたりで話しながら歩いていたが、半町ほど行ったところで、孫六が足をとめた。遊び人ふうの男は、浜町堀沿いの通りの方へ歩いていく。

孫六は遊び人ふうの男の姿が遠ざかると、踵を返し、源九郎のそばに足早にもどってきた。

「何か、知れたか」

源九郎が訊いた。

「千鳥屋に、安原はいねえようで」

孫六が言った。

「いないのか。……それで、千鳥屋の女将のお京は、安原の情婦なのか」

源九郎が、念を押すように訊いた。

「まちがいねえ。安原は、千鳥屋から帰《けえ》らねえこともあるらしい」

「そうか。ところで、千鳥屋には、店から出てきた男の他に、客がいたのか」

「いやした。……その男は、二本差しだそうで」

「武士か！」

源九郎の声が大きくなった。

「安原の仲間かもしれねえ。あっしが聞いた男の話だと、店にいる武士が、安原と一緒にいるのを見たことがあると言ってやした」

「その武士は、安原の仲間とみていいな」

源九郎は、その武士も、盗賊のひとりかもしれない、と思った。ただ、何の証拠もない。そう思っただけである。

「どうしやす」

孫六が、源九郎に訊いた。

「その武士が、店から出てきたら捕らえよう」

源九郎は、その武士から話を聞けば、安原だけでなく松永屋に押し入った盗賊の仲間のことも知れるのではないか、と思った。安原たちが盗賊とかかわりがなかったとしても、叩けば埃が出るはずである。

六

「出てこねえなァ」

孫六が、生欠伸《なまあくび》を嚙《か》み殺して言った。

「孫六、武士が店からいつ出てくるか分からん。千鳥橋のたもとにもどって、菅井を呼んできてくれないか」

源九郎が、孫六に目をやって言った。

源九郎たちは半刻（一時間）ほどしたら、千鳥橋のたもとに集まることになっていた。すでに、半刻は過ぎている。菅井が橋のたもとで待っているだろう。

「承知しやした」

孫六は、小走りに掘割沿いの通りへむかった。

いっときすると、孫六が菅井を連れてもどってきた。

「小料理屋に、安原の仲間らしい武士がいるらしいな」

すぐに、菅井が言った。ここへ来る途中、孫六から話を聞いたようだ。

「その武士を捕らえて話を聞けば、松永屋に押し入った盗賊のことが知れるのではないかと思ってな」

源九郎が言った。

「店に踏み込むか」

菅井が、身を乗り出して訊いた。

「今はまずい。仲間の武士が捕らえられたことを知れば、安原だけでなく、他の仲間も姿を消すだろう。できれば、仲間が捕らえられたことを安原たちに気付かれたくないのだ」

「そうか」

菅井がうなずいた。

源九郎たちは、千鳥屋から少し離れた路傍に立って、武士が出て来るのを待った。

それから、小半刻（三十分）も経ったろうか。千鳥屋から、誰も出てこない。

「なかなか出てこねえ」

孫六が、うんざりした顔をして言った。

そのとき、千鳥屋の格子戸が開いた。

「おい、出てきたぞ！」

菅井が身を乗り出して言った。

千鳥屋の入口から、武士と年増が出てきた。武士は小袖に袴姿で、二刀を帯びている。年増は、女将であろう。

武士は入口近くで年増と何やら話した後、店から離れた。女将は入口に立って、武士の後ろ姿に目をやっていたが、武士が遠ざかると、踵を返して店にもどった。女将は、見送りに来たようだ。

「あの男を押さえよう」

源九郎が言うと、

「おれが、やつの前に出る。華町は後ろから来てくれ」

そう言い残し、菅井は小走りに武士の後を追った。

源九郎と孫六は、菅井がすこし離れてから足を速めた。行き交う人が、源九郎たちの足音を消してくれる。

菅井は武士に近付くと、道の端を通って前にまわり込んだ。そして、足をとめ、体を近付いてくる武士にむけた。

武士は前方に立《た》ち塞《ふさ》がった菅井に気付くと、立ち止まった。武士は戸惑うような顔をして菅井を見たが、ふいに反転した。背後に逃げようとしたらしい。だが、武士はその場に立ったまま動かなかった。足早に近付いてくる源九郎と孫六を目にしたようだ。

「挟み撃ちか！」

武士は声を上げ、抜刀した。そして、路傍に身を寄せた。前後から攻撃されるのを防ごうとしたらしい。

源九郎は武士の右手から、菅井が左手から迫っていく。菅井も抜き身を手にしていた。孫六は源九郎の背後にまわって、すこし間をとっている。この場は、源九郎と菅井に任せる気なのだ。

通行人たちが、武士と源九郎たちの手にしている刀を目にし、悲鳴を上げて逃げ散った。

源九郎が、武士の前にまわり込んだ。菅井は初めからこの場は源九郎に任せるつもりで、刀を抜いたのだ。菅井は居合の達人だが、居合だと、峰打ちにするのが難しい。それで、武士の逃げ道を塞ぐつもりだったのだ。

「刀を捨てろ!」

源九郎が、武士に声をかけた。

一瞬、武士は戸惑うような顔をしたが、

「死ね!」

叫びざま、いきなり斬り込んできた。

振りかぶりざま、真っ向へ——。

だが、両腕だけに力が入り過ぎ、鋭さのない斬撃になった。すこし、腰も引けている。

源九郎は右手に体《たい》を寄せざま、刀身を横に払った。一瞬の太刀捌《たちさば》きである。

武士の切っ先は、源九郎の肩先をかすめて空《くう》を切り、源九郎の峰打ちは、武士の腹を強打した。

武士は手にした刀を取り落とし、悲鳴を上げて前によろめいた。そして、足がとまると、両手で腹を押さえて蹲《うずくま》った。苦しげな呻《うめ》き声を洩《も》らしている。源九郎の峰打ちで、肋骨《あばらぼね》でも折れたのかもしれない。

そこへ、源九郎、菅井、孫六の三人が近寄った。

「孫六、縄をかけろ！」

源九郎が声をかけた。

孫六は、懐から束ねた細引《ほそびき》を素早く取り出し、武士の両腕を後ろにとって縛った。長屋に越してくるまで、腕利きの岡っ引きだっただけあって、手際がいい。

「この男、栄造に引き渡しやすか」

孫六が訊いた。栄造は岡っ引きなので、捕らえた武士から話を聞いた後、町方に引き渡すだろう。

「いや、この男をどうするかは、わしらがこの男から話を訊いてからだな」

源九郎は、安原や他の仲間たちが賊と関わりがあるかどうかはっきりさせてから、捕らえた武士をどうするか決めようと思った。

「ひとまず、長屋に連れていきやすか」

「そうしよう」

源九郎は、捕らえた武士を長屋に連れていって話を聞こうと思った。

七

その日、源九郎たちが伝兵衛店についたのは、暗くなってからだった。

源九郎たちは捕らえた武士を連れ、源九郎の家に入った。源九郎たちが、家の座敷に腰を落ち着けて間もなく、茂次と安田が姿を見せた。

源九郎たちが長屋の井戸端のところまで来たとき、茂次と顔を合わせ、捕らえた武士のことを話したのだ。

すると、茂次が、

「あっしが、仲間の家をまわってきやす」

そう言って、長屋をまわり、安田、三太郎、平太の三人の家に立ち寄ったが、安田しかいなかったらしい。平太と三太郎は、家に帰っていなかったのだろう。

「この男、松永屋に押し入った賊のひとりとみている」

源九郎が、茂次と安田に目をやって言った。

すると、捕らえてきた男は、目を剝いて首を横に振った。猿轡《さるぐつわ》をかまされているので、声が出ないのだ。

「孫六、この男の猿轡をとってくれ。ここなら、泣こうと喚《わめ》こうと、助けにくる者はだれもいないからな」

源九郎が、孫六に目をやって言った。

孫六は立ち上がり、捕らえた男の背後にまわって猿轡をとった。

武士は、体の力を抜いて溜め息をついたが、不安そうな表情は消えなかった。

「おぬしの名は」

源九郎が訊いた。

武士は戸惑うような顔をしたが、

「和田政之助《わだまさのすけ》」

と、小声で名乗った。名を隠してもしかたがない、と思ったようだ。

「牢人か」

「そ、そうだ」

和田が、声をつまらせながら言った。

「安原源之助を知っているな」

源九郎が、安原の名を出して訊いた。

和田は口をつぐんだまま戸惑うような顔をしていたが、

「し、知らない」

と、小声で言った。顔に不安そうな表情があった。安原を知っているのに、隠しているからだろう。

「和田、おまえが出てきた千鳥屋の女将のお京は、安原の情婦だぞ。そこで、飲んでいたおまえが、安原のことを知らないはずはない」

源九郎が、語気を強くして言った。

和田は驚いたような顔をして源九郎を見た後、

「安原の名は、聞いたことがある」

と、小声で言った。

「安原が頭目か」

源九郎は、松永屋に押し入った賊のことは口にしなかった。

「……！」

和田がはっとしたような顔をしたが、何も言わなかった。

「安原が頭目だな！」

源九郎が訊いた。

「し、知らぬ」

和田が声をつまらせて言った。

「和田、安原を庇《かば》うところを見ると、おぬしも盗賊のひとりだな」

「ち、ちがう。おれは、盗賊ではない」

和田が、むきになって言った。

「それなら、なぜ、安原を庇うのだ」

「か、庇ってなど、いない」

「では、もう一度訊くぞ。安原が、頭目だな」

源九郎が、念を押すように訊いた。安原が盗賊の頭目だという確信があったわけではないし、確かな証拠もない。ただ、源九郎は、安原が事件に関わっていたのは、まちがいないような気がした。

「そ、それらしい話を、聞いたことがある」

和田が小声で言った。隠し切れないと思ったようだ。

「やはり、そうか」

源九郎は胸の内で、安原が盗賊の頭目だと確信した。

「安原のことを、どこで聞いた」

「千鳥屋だ」

和田は隠さずに答えた。

「千鳥屋の女将のお京は、安原の情婦か」

「そうだ」

すぐに、和田が言った。

「安原は、千鳥屋によく来るのか」

「よく来ていたが、ちかごろ、すこし足が遠退《とおの》いたようだ」

「何か、あったのか」

「詳しいことは知らぬ。……女将には、ほとぼりが冷めるまで、店に来ないようにすると、話してあるらしい」

和田が言った。

「そうか。千鳥屋に町方の目が向けられ、捕らえられるのを避けようとしたのだな。安原は、用心深い男のようだ」

源九郎が言うと、和田がうなずいた。

源九郎は菅井と孫六に目をやり、「何かあったら、訊いてくれ」と声をかけた。

「ひとつだけ、訊きたいことがある」

菅井はそう言って、

「安原が、剣術道場を開いていたのを知っているか」

と、和田に訊いた。

「知っている」

「近頃、道場を閉じているようだが、安原の仲間には、道場の門弟だった男がいるのではないか」

菅井が訊いた。

「安原が、千鳥屋に青島という男を連れてきたことがある。ふたりで、剣術道場のことを話していたのを覚えている」

和田が言った。

「青島は、師範代だった男ですぜ」

孫六が、脇から身を乗り出して口を挟んだ。

「青島の居所は、知っているか」

菅井が訊いた。

「道場の近くと、聞いたことがあるが……」

和田は首を捻った。他のことは、聞いていないらしい。

菅井が身を引くと、

「おれの知っていることは、みんな話した。二度と千鳥屋にはいかないから、おれを帰してくれ」

和田が、その場にいた源九郎たち三人に目をやって言った。

「おぬし、しばらく安原や青島から、離れているのだな。おぬしが、わしらに話を聞かれたことは、いずれ安原たちの耳に入る。そうしたら、おぬしは安原たちに狙われるぞ」

源九郎が言った。

「……！」

和田の顔から、血の気が引いた。自分でも、安原たちに狙われると思ったらしい。

源九郎は菅井と孫六に目をやり、「和田を長屋から帰すが、訊くことはないか」と念を押した。

菅井と孫六は、無言でうなずいた。

「帰っても、いいぞ」

源九郎が、和田に言った。

和田は立ち上がり、戸惑うような顔をして源九郎たち三人に目をやったが、何も言わずに頭を下げ、戸口から出ていった。

和田の足音が、戸口から遠ざかると、
「これから、どうしやす」
茂次が訊いた。
「そのうち、剣術道場に行ってみるつもりだ。……安原が、母屋にもどっている
かもしれぬ」
源九郎が、その場の男たちに目をやって言った。

第三章　襲撃

一

「華町、そろそろ出掛けるか」

菅井が、源九郎に目をやって訊いた。

伝兵衛店の源九郎の家だった。遅い朝飯を食べ終えた後、源九郎が部屋にいると、菅井が姿を見せたのだ。

「もうすこし待て。孫六も一緒に行くと、言っていたからな」

源九郎が言った。菅井と孫六も、一緒に横山町二丁目に行くことになっていた。安原が道場主だった剣術道場を探るためである。

「孫六が、来てもいいころだがな」

菅井がそう言って、戸口の腰高障子に目をやった。

腰高障子が、陽で輝いている。四ツ（午前十時）ごろかもしれない。

「遅いな。まさか、ひとりで出掛けたのではあるまいな」

源九郎がそう言ったとき、戸口に近付いてくる忙《せわ》しそうな足音がした。孫六らしい。だいぶ、急いでいるようだ。

「おい、孫六だぞ。おれたちの話が、聞こえたかな」

菅井がそう言って、口許に苦笑いを浮かべた。

足音は、戸口でとまり、

「華町の旦那！　入《へえ》りやす」

孫六のうわずった声がし、腰高障子がひらいた。そして、孫六が家の中に飛び込んできた。

「て、大変《てえへん》だ！」

孫六が、源九郎と菅井の顔を見るなり声を上げた。

「どうした」

源九郎が訊いた。

「ま、また、押し入りやした！」

「押し入っただと、盗賊か」

源九郎が、身を乗り出して訊いた。

「そうでさァ。……朝の早い茂助《もすけ》が、聞いてきたんでさァ」

孫六が言った。

茂助は、長屋に住む棒手振《ぼてふり》だった。朝の暗いうちに、長屋を出ていく。

「押し入ったのは、どこだ！」

源九郎は、傍らに置いてあった刀を引き寄せた。近くにいた菅井も、刀を手にした。ふたりとも、すぐに現場にむかうつもりなのだ。

「本町三丁目にある福田屋《ふくだや》ってえ、薬種問屋《やくしゅとんや》でさァ」

「松永屋の近くではないか」

源九郎が言った。

盗賊に押し入られ、倅の豊助が殺された松永屋は、本町四丁目である。三丁目も、奥州街道沿いにひろがっている。

本町三丁目は、売薬店や薬種問屋が多いことで知られていた。福田屋も、名の知れた薬種問屋にちがいない。

「菅井、行くぞ！」

源九郎が、刀を手にして立ち上がった。

すぐに、菅井も立ち上がり、孫六と源九郎につづいて家を出た。

源九郎たち三人が、長屋の路地木戸近くまで行くと、安田が待っていた。

安田は源九郎たちを目にすると、

「福田屋か」

すぐに、訊いた。安田も、賊が押し入ったことを耳にしたらしい。

「そうだ」

「おれも一緒に行く。……分け前はもらったが、何もしてないのでな」

安田が、源九郎たちに走り寄った。

「一緒に行こう」

源九郎が言った。安田は剣の腕が立つので、いざという時、頼りになるはずである。

源九郎、菅井、孫六、安田の四人は、長屋の路地木戸を出ると、竪川沿いの通りを経て、賑やかな両国広小路から奥州街道に入った。

源九郎たちは街道を西にむかってしばらく歩き、本町四丁目まで来た。そこからすこし歩くと、街道沿いに松永屋が見えてきた。

松永屋は以前見たときと変わらず、頻繁に客が出入りしていた。

「繁盛してるようですぜ」

孫六が歩きながら言った。

「そうだな。……だが、主人《あるじ》の吉兵衛や母親のおしげの心は重いだろう。嫡男の豊助が、賊に殺されたのだからな」

源九郎は、吉兵衛とおしげのためにも、押し入った賊は、自分たちの手で捕らえるなり、討つなりして、敵を討ってやりたいと思った。

源九郎たち四人は、すこし歩調を緩めて松永屋の前を通り過ぎた。さらに歩くと、本町三丁目に入った。通り沿いにある薬種屋や薬種問屋が、目につくようになった。店の立て看板や屋根看板には、店の屋号と売り物にしている薬名を書いたものが多い。

「あの店だ！」

孫六が声高に言って、道沿いにあった薬種問屋を指差した。

二階建ての大きな店で、表戸が閉まっていた。脇の一枚だけがひらいていて、そこから御用聞きや奉公人らしい男が出入りしている。

店の脇の立て看板に、「長寿丸《ちようじゆがん》　福田屋」と記してあった。長寿丸は、福田屋の自慢の薬であろう。

源九郎たち四人は、福田屋の近くの路傍に足をとめた。

「孫六、御用聞きになって店に入り、なかの様子を探ってくれ」

源九郎が言った。

源九郎、菅井、安田の三人は、奉行所の同心や与力とちがって、長屋に住む牢人だった。事件現場の店のなかに入って、聞き込みや探索にあたるわけにはいかないが、孫六はちがう。引退したとはいえ、長年岡っ引きをしていたので、店に入ってそれらしく振る舞えるだろう。

「旦那たちは、どうしやす」

孫六が訊いた。

「わしらは、近所で聞き込んでみる。福田屋に押し入った賊を目にした者が、いるかもしれん」

源九郎が言うと、その場にいた菅井と安田もうなずいた。

二

源九郎、菅井、安田の三人は、福田屋からすこし離れた道端に足をとめた。

源九郎がふたりに、一刻（二時間）ほどしたら、福田屋の脇にもどることを話し、その場で別れた。

ひとりになった源九郎は、通りの左右に目をやった。話の聞けそうな店はないか、探したのである。

福田屋から一町ほど離れた道沿いに、別の薬種問屋があった。福田屋と比べると間口が半分ほどの小店だった。店の脇の立て看板に、「幸松屋《こうまつや》」という屋号が記してあった。

その幸松屋から、客と手代らしい男が出てきた。手代が、薬を買いにきた客を店の外まで見送りに来たらしい。

源九郎は幸松屋の手代に訊いてみようと思い、幸松屋に近付いた。

客を見送った手代が踵を返して、店にもどりかけた。

源九郎は足早に手代に近付き、

「幸松屋の者か」

と、声をかけた。

「そうですが……」

手代は戸惑うような顔をして、源九郎を見た。見知らぬ武士に、いきなり声をかけられたからだろう。

「福田屋に、賊が入ったのを知っているか」

源九郎が声をひそめて訊いた。

「知ってますが」

手代から、不安そうな表情は消えなかった。

「近くの店なら、何か噂を耳にしているのではないか」

「……………」

手代は、口をつぐんでいる。

「福田屋の者で、賊の犠牲になった者はいるのか。わしはな、こう見えても町方の者なのだ」

源九郎が、もっともらしく言った。

「い、いるそうです」

手代が、声をつまらせて言った。町方の者と聞いて、口をつぐんでいるわけにはいかないと思ったらしい。

「殺されたのか」

「はい、手代がひとり、賊に斬り殺されたと聞きました」

手代の顔が、強張った。自分と同じ手代が、賊に殺されたので、他人事《ひとごと》ではないと思ったらしい。

「すると、賊のなかに武士がいたのか」

源九郎が訊いた。

「はい。噂ですが、福田屋さんの手代は、刀で斬られたようです。店の前を通りかかった御用聞きが、話しているのを聞いただけですが……」

「刀疵《かたなきず》が残っていたのか」

源九郎はそう言って、口をつぐんだが、

「福田屋に賊が入る前だが、近所でうろんな武士を見掛けた者はいないか」

と、声をあらためて訊いた。

「さァ……。てまえは、存じませんが」

手代はそう言って、店に戻りたそうな素振りを見せた。いつまでも、見知らぬ武士と話しているわけには、いかないと思ったのだろう。

それから、源九郎は近所の店に立ち寄って、福田屋に押し入った賊のことを訊いたが、新たなことは分からなかった。

源九郎が集まる場所に決めた道端にもどると、菅井と安田、それに孫六の姿もあった。孫六は、福田屋から出てきたらしい。

源九郎は幸松屋の手代から聞いた話をかいつまんで話してから、

「何か知れたか」

と、菅井たち三人に目をやって訊いた。

「福田屋では、手代が殺されやした！」

孫六が声高に言った。

「賊に、殺されたのだな！」

源九郎が、念を押すように訊いた。

「そうでさァ。……八丁堀の旦那が、刀疵のようだ、と言ってやした」

「やはり殺したのは、武士だな」

「八丁堀の旦那は、福田屋に押し入った盗賊は、松永屋に入った賊と同じ者たちらしいと言ってやした」

「同じ賊か。……それで、奪われた物は」

源九郎が訊いた。

「内蔵にあった千両箱です」

「そうか。他に何か、気付いたことはないか」

「店の手代が、奇妙な気合を聞いていやす」

そう言って、孫六がその場にいた源九郎、菅井、安田の三人に目をやった。

「どんな気合か、聞いたか」

源九郎が身を乗り出して訊いた。

「キエッ！　という、化物でも叫ぶような声だそうです」

「松永屋のおしげが、聞いた声だ！」

思わず、源九郎の声が大きくなった。

次に口を挟む者がなく、その場が重苦しい沈黙につつまれたとき、

「これで、はっきりした。福田屋にも、松永屋と同じ賊が押し入ったのだ」

と、源九郎が断定するように言った。

三

「どうしやす。福田屋の近所で、賊を見掛けた者がいないか、聞き込んでみやすか」

孫六が、源九郎たち三人に目をやって訊いた。

「これ以上聞き込んでも、無駄なような気がする」

源九郎はそう言った後、

「福田屋と松永屋に押し入った賊は、武士の一団とみていい。それに、腕のたつ武士が、何人もいたようだ」

と、その場にいた男たちに目をやって言った。

「何人も腕のたつ武士がいたとなると……。剣術の道場か！」

菅井が声高に言った。

「道場主の安原を頭目として、門弟だった者たちが、何人か加わっているような気がする」

源九郎が言い添えた。

源九郎につづいて、口を開く者がなく、その場が沈黙につつまれたとき、

「安原の道場に、行ってみやすか」

孫六が、その場にいた男たちに目をやって言った。

「そうだな。どうせ、帰り道だ。ともかく、道場に立ち寄ってみよう」

源九郎は、道場の近くで聞き込めば、福田屋に押し入った賊のことも知れるのではないかと思った。

源九郎たち四人はその場を離れ、来た道を引き返した。そして、横山町二丁目

まで行き、下駄屋の脇の細い道に入った。その道をしばらく歩くと、板塀をめぐらせた家が目についた。その家の脇にある道の先に、道場がある。

脇道に入って間もなく、

「道場が、見えやした！」

孫六が、道の先を指差して言った。

半町ほど先の道沿いに、板塀をめぐらせた剣術道場が見えてきた。道場から稽古の音は聞こえなかった。だれもいないらしい。稽古中発する気合や、竹刀を打ち合う音は、遠方でも聞こえるのだ。それに、源九郎たちは道場のそばまで行って探ったことがあったので、最近道場が使われていないことを知っていた。

「道場に、近付いてみるか」

菅井が言った。

「よし、行ってみよう」

源九郎たち四人は、道場にむかった。通行人を装って、すこし間をとって歩いていく。道場は、ひっそりとしていた。物音も話し声も聞こえない。源九郎たちは、道場の前で足をとめることもなく通り過ぎた。そして、半町ほど過ぎたところで足をとめた。

「だれも、いなかったな」

源九郎が言った。

「母屋に、いるかもしれない」

菅井が、道場の方に目をやった。

「母屋を探ってみるか」

源九郎も、道場の裏手の母屋にだれかいるのではないかと思った。

「行ってみよう」

菅井が言うと、そばにいた安田と孫六がうなずいた。

源九郎たちは道場の前まで行き、脇の小径にまわった。その小径を行けば、道場の裏手にある母屋の前に出られる。源九郎たちは、裏手にある母屋を探ったことがあったので、母屋に行き来する道筋も分かっていた。

母屋の近くまで来ると、男の話し声が聞こえた。何人かいるようだ。いずれも武士らしい物言いである。

「安原たちらしい」

源九郎が声をひそめて言った。

「どうしやす」

孫六が訊いた。

「ともかく、家に近寄ってみよう」

源九郎が言い、足音を忍ばせて母屋に近付いた。そして、椿の陰に身を隠した。そこは、以前、源九郎たちが身を隠して家のなかの様子を探ったところである。

「わしが、様子を見てくる」

源九郎がそう言い、足音を忍ばせて母屋にむかった。菅井、安田、孫六の三人は樹陰で、源九郎に目をむけている。

源九郎が忍び足で、家に近付くにしたがって、話し声が聞きとれるようになった。

源九郎は戸口の脇で足をとめ、聞き耳をたてた。家のなかの話し声が、はっきりと聞こえる。

……何人もいる！

源九郎は、何人もの男たちが話しているのを聞き取った。

話し声のなかには、師匠、師範代、と呼ぶ声もあった。道場主の安原と、師範代だった青島もいるようだ。

……それにしても、五十嵐《いがらし》どのの剣はすごい。

男のひとりが言った。

すると、別の男が、

……気合を聞いただけで、身が竦む。

と、言い添えた。

源九郎はその会話を聞いたとき、キエエッ！　という気合ではないか、と思った。おしげが、店に入った賊のだれかが発したと思われる声を聞き、キエエッ！という奇妙な声がしたと言っていたと、主人の吉兵衛が源九郎たちに話したことを思い出したのだ。

……五十嵐の剣なら、相手がだれでも後れをとるようなことはないな。

と、別の男が言った。

源九郎は、その男が五十嵐と呼び捨てにしたことから、道場主の安原にちがいないとみた。

それから、男たちの話は、賭場《とば》や女郎屋の話などに変わったが、源九郎はしばらくその場にとどまり、家のなかの男たちの会話を聞いていた。

男たちの会話から、家のなかには、七、八人いることが分かった。いずれも武士で、道場の門弟と師範代、それに門弟だったことのある武士らしいと知れた。

源九郎は、これ以上話を聞いても、新たなことは分からない、と思い、足音を忍ばせてその場から離れた。

源九郎は菅井たち三人のいる場にもどると、家のなかにいた男たちの会話をかいつまんで話してから、

「いま、家に踏み込むことはできないぞ。相手は、七、八人。道場主と師範代、それに門弟だったことのある者たちらしい。いずれも、腕がたつとみていい」

と、言い添えた。

「それだけいると、家に踏み込むのは無理だな」

菅井が言った。

「どうしやす」

孫六が訊いた。

「ともかく、ここを離れよう。安原たちに気付かれると、返り討ちに遭《あ》う」

源九郎が言った。

源九郎たち四人は、音のしないように樹陰から離れ、来た道を引き返して道場の前にもどった。

四

「どうしやす」

　孫六が、源九郎たちに目をやって訊いた。

「裏手の家にいる者たちに気付かれないように、近所で聞き込んでみるか。以前、近所で道場主のことなどを訊いたが、今でもひらかれていない道場に出入りしている門弟たちのことを、それとなく訊いてみてくれ。それに、奇妙な気合を発する者が、何者か知りたい」

　源九郎たちは、一刻（二時間）ほどしたら、道場から半町ほど離れた場所にある民家の脇に集まることにして別れた。

　ひとりになった源九郎は、道場の前の道を奥州街道とは反対方向にむかって歩いた。そして、一町ほど歩いたところで、道沿いに石屋があるのを目にとめた。石工《いしく》がふたり、石を丸く削っていた。石灯籠《いしどうろう》でも、造っているのかもしれない。

　源九郎は年配の男に近付き、

「ちと、訊きたいことがあるのだがな」

と、声をかけた。親方らしい。

親方は、金槌《かなづち》を手にしたまま源九郎に顔をむけ、

「何です」

と、訊いた。顔に不安そうな色がある。いきなり、見ず知らずの武士に声をかけられたからだろう。そばにいた若い石工も仕事をやめ、不安そうな顔を源九郎にむけている。弟子らしい。

「この先に、剣術道場があるな」

源九郎が、道場のある方を指差して言った。

「ありやす」

親方が言った。

「実は、わしの倅を剣術道場に入門させようと思い、道場があると聞いて来てみたのだが、稽古をしている様子がないのだ」

源九郎が、もっともらしく言った。

「あの道場は、三年も前から閉じたままでさァ」

親方が言った。

弟子の顔から不安そうな表情が消え、ちいさく頷いた。話を訊いている武士が、自分たちに危害を加えるようなことはない、と思ったからだろう。

「それがな、今、道場の前を通ったのだが、何人もの武士が道場の裏手にむかっていくのを見たのだ」

「あっしも、お侍が裏手にある母屋に行くのを見掛けたことがありやす」

親方が言うと、弟子が頷いた。

「裏手にむかった武士たちは、門弟か」

源九郎が訊いた。

「そうでさァ」

すぐに、親方が言った。

「道場の門を閉じたのに、門弟たちが母屋に出入りしているのは、なぜだ」

源九郎が、小首を傾げながら訊いた。

「ふだんは、道場主の安原さまと師範代の青島さましか、見掛けないんですがね。……ときどき、門弟たちが集まることがあるようでさァ」

親方が言うと、

「あっしも、何人もの門弟が、母屋に行くのを見たことがありやす」

弟子が、身を乗り出して言った。

「剣術の稽古をやる様子はないし、門弟たちは何のために集まっているのだ」

源九郎が訊いた。

「あっしには何をしてるか、分からねえが、門弟たちはまだ裏手にある家に出入りしてるようでさァ」

親方が言った。

「裏手の母屋に集まって、何をしてるのかな」

源九郎は、親方と弟子に喋《しゃべ》らせるために、不思議そうな顔をしてみせた。

「母屋で、酒盛りをしているときがありやす」

弟子が言った。

「よく、そんな金があるな。……道場はつぶれ、武家屋敷に奉公している様子もないし、食っていくのも、大変だと思うがな」

源九郎が、首を傾げながら言った。

すると、親方が、源九郎に身を寄せ、

「あっしは、道場主や師範代が、賭場に出掛けることがあると聞きやした」

と、声をひそめて言った。

「賭場だと！」

源九郎が、驚いたような顔をした。

「あっしも、賭場のことを聞きやした」

弟子が、また口を挟んだ。

「その賭場は、どこにあるのだ」

「どこにあるか、分からねえ」

親方は、そう言った後、傍らにいる弟子に、「与吉《よきち》、知ってるか」と訊いた。

弟子の名は、与吉らしい。

「浜町堀にかかる千鳥橋の近くと聞きやしたが、どこにあるか分からねえ」

与吉が言った。

「千鳥橋の近くだと！」

思わず、源九郎は声を大きくした。源九郎の胸に、小料理屋の千鳥屋が過《よぎ》ったのだ。源九郎は胸の内で、安原が千鳥屋に出入りしていたのは、賭場に行くためもあったようだ、と思った。安原は賭場に出入りするようになって、千鳥屋の女将《おかみ》と知り合ったのかもしれない。

源九郎が黙ると、親方は、

「あっしらは、仕事がありやすんで」

と、首をすくめて言い、その場から離れたいような素振りを見せた。見知らぬ武士に付き合って、無駄話が過ぎたと思ったのかもしれない。

「手間を取らせたな」

源九郎はそう言って、石屋の前から離れた。

五

源九郎が、集まる場所に決めてあった民家の近くまで行くと、孫六と安田が待っていた。まだ、菅井の姿はなかった。

源九郎が孫六たちと顔を合わせ、いっときすると、

「菅井がもどってきた」

安田が、通りの先を指差して言った。

見ると、菅井が小走りに近付いてくる。源九郎たち三人が、路傍に立って自分を待っていると分かったからだろう。

菅井は源九郎たちのそばに来るなり、

「す、すまん、待たせたようだ」

と、息を弾ませて言った。

「おれも、来たばかりだ。……どうだ、歩きながら話すか。ここに立ったまま、

話していると人目を引く」

源九郎はそう言って、奥州街道のある方へむかって歩きだした。

菅井、孫六、安田の三人が、源九郎の後につづいた。

「おれから、話そう。道場の裏手にある母屋だがな。道場主の安原と師範代の青島だけでなく、門弟たちが集まることもあるようだぞ」

歩きながら、源九郎が言った。

「おれも、安原だけでなく、門弟たちが集まることもあると聞いたが、道場に入って稽古をすることはないようだ」

菅井が言った。

「その門弟たちだが、稽古のために道場に来るのではないとすると、何のために来るのだ」

安田が、源九郎と菅井に目をやって訊いた。

「松永屋と福田屋に押し入った賊が、安原たちだとすると、道場の裏手にある家に集まって、店屋に押し入る相談をしたのかも知れぬ。それに、店屋から奪った金を裏手の家に集まって、山分けしていたとも考えられる」

源九郎が言うと、

「まるで、あの家は盗人《ぬすっと》の巣のようだ」

孫六が、呆《あき》れたような顔をした。

次に口をひらく者がなく、その場が静かになると、

「わしは、賭場のことも聞いたぞ」

源九郎が、声をあらためて言った。

「賭場だと！」

安田が聞き返した。菅井と孫六も、源九郎に目をむけている。

「そうだ。……賭場だがな、千鳥橋の近くにあるそうだ」

源九郎が言った。

「千鳥橋の近くだと！　小料理屋の千鳥屋の近くか」

菅井が、身を乗り出すようにして訊いた。

「千鳥橋の近くらしいので、千鳥屋からは遠くないな」

「そうか。安原は、情婦のところに行くだけでなく、賭場へ行くためもあって、千鳥屋に出掛けていたのか」

安田が、顔を険《けわ》しくして言った。

「そうみていい」

源九郎が言うと、その場にいた男たちがうなずいた。

「おれは、通りかかった若い武士から聞いたのだがな。道場を外から見るとそれほどでもないが、中に入るとだいぶ傷んでいるそうだ。床板が割れて、穴のあいている場所もあるし、板壁が剝げているところもあるらしい。……それで、道場で稽古が存分にできなくなり、門弟たちの多くがやめていったそうだ」

安田が言った。

「すると、道場を建て直すためもあって、松永屋と福田屋を襲ったのか……」

菅井はそう言った後、首を傾げ、

「当初は道場を建て直す気もあったかもしれんが、今は違うな。安原が道場を建て直して、門弟たちを集め、稽古をつづけるために松永屋と福田屋に押し入ったとは、思えぬ。……こうやって、道場の裏手の母屋で、盗賊の仲間たちと一緒に酒を飲んでいるし、千鳥屋の女将は情婦のようだし、盗賊の親分と変わりはない。……道場主には、ほど遠い男だ」

そう言って、顔を憤怒《ふんぬ》に染めた。

次に口をひらく者がなく、その場が重苦しい沈黙につつまれると、

「いずれにしろ、今日のところは、引き上げるか」

源九郎が言うと、

「いや、このまま長屋に、もどりたくないな」

めずらしく、菅井が語気を強くして言った。

「どうする気だ」

源九郎が訊いた。

「今夜、道場の裏手の母屋にいる奴等が、泊まるとは思えん。……暗くなる前に、何人か出てくるはずだ」

菅井が言うと、その場にいた男たちがうなずいた。

「どうだ、奴等が出てくるのを待って、ひとり捕らえないか。長屋に連れて行って、話を訊けば、奴等のやったことがはっきりするし、これから何をする気なのかも分かる」

菅井が言い添えた。

「菅井の言うとおりだ。奴等が出てくるのを待って、ひとり捕らえよう」

源九郎が言うと、その場にいた男たちがうなずいた。

「どこに身を隠して、奴等が母屋から出てくるのを待つ」

安田が訊いた。

「道場からすこし離れた方がいいな。……どうだ、街道近くで待ち伏せするか」

源九郎が言った。

「安原や青島なら分かるが、他の仲間は顔を見ただけでは、分からないぞ」

菅井が口を挟んだ。

「あっしが、道場近くにいて、跡をつけやす」

「孫六に頼もう。……孫六なら、安原たちが目にしても、跡をつけているとは思わないだろう」

源九郎が言い、菅井と安田の三人で、道場の前の道を奥州街道の方へむかった。孫六はその場に残っている。

六

源九郎たち三人は来た道を引き返し、横山町二丁目までもどり、奥州街道沿いにある下駄屋の脇に身を隠した。

ときおり、下駄屋の脇の道を行き来する者がいたが、武士ではなく近所の住人らしい男だった。

源九郎たちがその場に身を潜めて、小半刻（三十分）ほど経ったろうか。脇道

に目をやっていた安田が、

「来たぞ！」

と、源九郎と菅井に目をやって言った。

源九郎が通りの先に目をやると、ふたりの武士の姿が見えた。まだ遠方ではっきりしないが、ふたりとも小袖に袴姿である。道場の裏手の母屋にいた門弟であろう。

そのふたりの背後に、ちいさく孫六の姿が見えた。孫六は通行人を装って、ふたりの跡をつけているようだ。

「おれが、ふたりの背後にまわる。おぬしらは、前に立ってくれ」

安田が言った。

「承知した」

源九郎が言い、菅井がうなずいた。

ふたりの武士は、何やら話しながら歩いてくる。前方にいる源九郎たちにも、後方にいる孫六にも気付いていないようだ。

ふたりは、源九郎たちが身を潜めている場から五、六間ほどのところまで来た。まだ、源九郎たちには気付かず、話をやめなかった。

「行くぞ！」

源九郎が声をひそめて言い、下駄屋の脇から飛び出した。

源九郎と菅井が、ふたりの武士の前に立ち塞がり、安田は道の脇を通って背後にまわり込んだ。

ふたりの武士は、突然飛び出した源九郎たち三人を目にし、驚いたような顔をして、その場に立ち竦んだ。源九郎たち三人が、何者か分からないようだ。

ふたりの武士の前に立った源九郎が、

「安原道場から来た者か」

と、抜刀体勢をとったまま訊いた。

「そ、そうだ。……おぬしたちは、何者だ！」

年上と思われる大柄な武士が声をつまらせながら訊いた。

「わしらは盗賊が押し入った店に、かかわりのある者だ」

源九郎は、店名を口にしなかった。安原たちが盗賊であれば、それだけ話せば分かるはずである。

「なに！」

大柄な武士の顔から、血の気が引いた。刀の柄《つか》に添えた右手が、かすかに震えている。もうひとりの痩身《そうしん》の武士の顔が強張り、体が震えだした。源九郎たちが何者か、分かったようだ。

「痛い思いをしたくなかったら、おとなしくわしらについて来るんだな」

源九郎が言った。

そのとき、大柄な武士が刀を抜いた。すると、もうひとりの痩身の武士も抜刀した。ふたりとも、闘うつもりらしい。

「やむをえぬ」

源九郎も、抜刀した。そして、刀身を峰に返した。ふたりを斬らずに、峰打ちに仕留めるつもりだった。

菅井は居合の抜刀体勢をとった。背後にまわり込んだ安田は、刀を抜いて刀身を峰に返した。

「殺してやる！」

大柄な武士が甲走った声を上げ、いきなり源九郎にむかって斬り込んできた。

振りかぶりざま真っ向へ――。

だが、大柄な武士は昂奮《こうふん》しているらしく、体に力が入り過ぎて、斬撃に迅《はや》さも鋭さもなかった。

源九郎は右手に体《たい》を寄せざま、刀身を横に払った。一瞬の太刀捌きである。

大柄な武士の切っ先は、源九郎の左肩をかすめて空《くう》を切り、源九郎の刀身は大柄な武士の腹を強打した。

大柄な武士は手にした刀を取り落とし、悲鳴を上げて前によろめいた。そして、足がとまると、両手で腹を押さえて蹲《うずくま》った。

「動くな！」

源九郎は大柄な武士の前に立ち、切っ先を喉元にむけた。

そのとき、もうひとりの痩身の武士が、悲鳴を上げてよろめいた。安田の峰打ちを浴びたらしい。

源九郎たち四人は、峰打ちで仕留めたふたりの武士を取り囲んだ。そして、ふたりを立たせた。ふたりは腹を手で押さえ、苦しげな呻《うめ》き声を洩らしている。

「うぬらを、殺すつもりはない」

源九郎が、ふたりの武士に目をやって言った。

ふたりの武士は、源九郎の顔を見て何か言いたそうな顔をしたが、呻き声を抑えただけである。

「だが、逃げようとしたり、騒ぎ立てたりしたら、その場で斬る」

源九郎が、語気を強くして言った。

すると、大柄な武士が、

「お、おれたちを、どうする気だ」

と、声をつまらせて訊いた。

「ふたりに、訊きたいことがあるのでな。わしらと一緒に、おとなしく長屋まで来てもらいたい」

源九郎が言った。

源九郎たちは、道場の裏手の母屋にいた者たちのことを訊くつもりだった。松永屋と福田屋に押し入った賊にかかわりがあれば、捕らえねばならない。

ふたりの武士は戸惑うような顔をしたが、何も言わなかった。

「わしらと一緒に来い。縄はかけぬが、逃げようとすれば、その場で斬る」

源九郎が、ふたたび語気を強くして言った。

七

源九郎たち四人は、捕らえたふたりの武士をはぐれ長屋に連れていった。そして、源九郎の家に入った。

ふたりの武士を座敷に上げ、腰を落ち着けたとき、長屋に残っていた平太が顔を出した。長屋の住人から、源九郎たちがふたりの武士を連れて帰ってきたことを聞いたようだ。

「茂次と三太郎は、どうした」

源九郎が、平太に訊いた。

「ふたりは、仕事に出たままです」

平太が言った。

「そうか。……いずれ、茂次と三太郎にも、手を貸してもらうことがあるだろう」

源九郎はそう言い、捕らえてきたふたりの武士の前に座り直した。菅井たちは、ふたりを取り囲むように座っている。

「おぬしの名は」

源九郎が、大柄な武士に訊いた。

大柄な武士は、戸惑うような顔をしていたが、

「久保市之助《くぼいちのすけ》……」

と、小声で名乗った。長屋まで連れてこられ、名を隠す気も失《う》せたのだろう。

「おぬしは」

源九郎は、久保の脇に座しているもうひとりの武士に目をやって訊いた。

武士はなかなか口をひらかなかったが、

「富島進次郎《とみじましんじろう》……」

と、小声で名乗った。

源九郎は、あらためて久保に目をむけ、

「家は、旗本か、それとも御家人か」

と、訊いた。先に久保のことを訊こうと思ったのだ。

「ご、御家人だが、おれは次男で、今は家を出ている」

久保が、声をつまらせて言った。

「いずれにしろ、幕臣の家でありながら、盗賊の片割れか」

源九郎が、久保を見据えて言った。

「お、おれは、盗賊ではない」

久保が、身を乗り出して言った。

「道場主の安原や師範代の青島が、松永屋と福田屋に押し入って、金を奪ったことは分かっている」

源九郎が言った。

久保はいっとき黙っていたが、

「や、安原どのが、道場を建て直すために、仲間と一緒に商家に押し入ったことは、知っている」

と、声をつまらせて言った。

「商家に押し入った盗賊は、五人だ。道場主の安原と師範代の青島が、一味にいたらしいが、他の三人は」

源九郎が訊いた。

「道場主の安原どのと師範代の青島どのは知っているが、他の三人は分からない」

久保は、傍らにいる富島に目をやり、

「おぬし、知っているか」

と、小声で訊いた。

「話したことはないが、五十嵐玄三郎《げんざぶろう》どのも加わっていたらしい」

富島が言った。隠す気はないようだ。

「五十嵐という男は、キエエッ！　という甲走った奇妙な気合を発する男ではないか」

源九郎が、気合を発して訊いた。五十嵐のことは、道場の裏手にある母屋を盗聴したとき、耳にしたのだ。

「そうだ」

富島が、驚いたような顔をして源九郎を見た。源九郎が、キエエッ！　という気合まで、口にしたからだろう。

「五十嵐は、門弟ではないな」

源九郎が、念を押すように訊いた。

「門弟ではない」

すぐに、富島が言った。

「五十嵐は、門弟でも師範代でもないとすると、食客《しよつかく》か」

源九郎が訊いた。

「そう聞いている」

富島が小声で言った。

「ふだん、五十嵐は、どこで寝泊まりしているのだ」

「詳しいことは知らないが、安原どのの道場の裏手にある母屋にいることが多いようだ」

「五十嵐が、母屋で寝泊まりするようになって、長いのか」

源九郎が訊いた。

「三、四年前だな。まだ、道場をひらいているときだ。五十嵐どのは、食客として道場の門弟たちに指南したこともあるらしい」

「そうか」

源九郎はいっとき口をつぐんでいたが、

「何かあったら、訊いてくれ」

と、言って、その場にいた菅井たちに目をやった。

「おれも、訊きたいことがある。道場主の安原は、五十嵐という男とどこで知り合ったのだ」

安田が訊いた。

「浜町堀にかかっている千鳥橋の近くにある小料理屋らしい」

富島が小声で言った。

「千鳥屋か！」

思わず、源九郎が声を上げた。

源九郎は、千鳥橋近くの千鳥屋という小料理屋に、お京という安原の情婦がいることを知っていた。

「よく、御存じで」

富島が、驚いたような顔をして言った。源九郎が、千鳥屋という店の名を口にしたからだろう。

「そうか、安原は千鳥屋で、五十嵐と知り合ったのか」

源九郎が、納得したような顔をしてうなずいた。

次に富島と久保に話を訊く者がなく、座敷が沈黙につつまれたとき、戸口に近付いてくる下駄の音がし、

「華町の旦那、いる」

と、お熊《くま》の声がした。

お熊も長屋の住人で、源九郎の家の斜向かいに住んでいる。助造《すけぞう》という日傭取《ひようと》りの女房だった。世話好きで、何かあると源九郎の家にやってくる。

「いるぞ。入ってくれ」

源九郎が声をかけた。

すぐに、表の腰高障子があき、お熊が戸口から顔を出した。

お熊は、座敷に何人も男たちがいるのを見て驚いたような顔をしたが、

「あたし、路地木戸のところで、お侍に、華町の旦那たちのことを訊かれたんだよ」

と、源九郎に顔をむけて言った。

「何を訊かれたのだ」

「この長屋に、何人ものお侍が入ったが、お侍の住む家があるのか、と訊かれたんだよ」

お熊が言った。

「お熊に訊いた侍は、ひとりか」

「あたしに訊いたのは、ひとりだけど、路地木戸のところに何人もいたよ」

そう言って、お熊が心配そうな顔をした。

「それで、お熊は、どう話したのだ」

「あたし、華町の旦那の家を教えたんだよ。安田の旦那と菅井の旦那も、華町の旦那の家にいるかもしれない、と思ってね」

「お熊に訊いた侍たちは、どうした」

源九郎が、身を乗り出して訊いた。

「四、五人いたけど、何か話していたよ」

「それで、その侍たちはどこにむかった」

源九郎は、侍たちのむかった先が知りたかった。

「長屋に入ってきてね。井戸端のところにいたおまつさんに、あらためて華町の旦那の家はどこか、訊いたらしいよ。お侍たちは、ここに来るようなので、あたし、先に知らせに来たんだよ」

お熊が、不安そうな顔をして言った。

「お熊、ここから離れろ！　そいつら、ここに来る」

源九郎が言った。

「な、何だか、あたし、悪いことを喋ったような気がして……」

お熊は、声をつまらせた。

「そんなことはない。お熊、この家から離れろ！」

源九郎が声高に言った。

お熊は戸惑うような顔をしていたが、

「あたし、長屋のみんなに知らせてくる」

と言い残し、足早に戸口から離れた。

源九郎は座敷にいた菅井や安田に目をやり、

「わしらは、安原や青島たちに尾《つ》けられたのだ。ここに、踏み込んでくるぞ」

と、語気を強くして言った。

源九郎、菅井、安田の三人が、刀を手にして立ち上がった。孫六と平太は、捕らえてきたふたりのそばに身を寄せた。

八

「狭い家のなかでやり合うと、大勢犠牲者が出る。戸口で、迎え撃とう」

菅井が言って、土間にむかった。

つづいて、源九郎、安田のふたりが、戸口に出た。家に残ったのは、孫六と平太、それに捕らえてきた久保と富島である。

「来たぞ！」

菅井が指差した。

見ると、武士が五人、源九郎たちのいる方に足早に近付いてくる。五人のなかには安原と青島、それに五十嵐らしい男の姿もあった。あとのふたりは、安原道場の門弟だった男であろう。

「あそこだ！　華町たちがいるぞ」

安原が声を上げた。どうやら、源九郎たちの名も、どこかで聞いたらしい。

「三人だ。ひとりも逃がすな」

師範代の青島が言った。

五人の武士が、ばらばらと戸口に走り寄った。そして、源九郎、菅井、安田の三人がいる前で、足をとめた。

「戸口にいる三人を、討ち取れ！」

安原が声高に言った。

すると、大柄な武士が、

「華町は、おれが斬る」

と言って、源九郎の前に歩み寄った。

源九郎は、武士の身辺に異様な殺気があるのを感じとり、

「おぬしが、五十嵐か」

と、訊いた。

「いかにも」

五十嵐は、否定しなかった。

源九郎は、五十嵐と対峙《たいじ》した。ふたりの間合は、およそ二間半である。ふたりは抜刀していたが、まだ、構えをとっていなかった。

このとき、菅井は、道場主の安原と対峙していた。ふたりの間合は、まだ三間ほどあった。

安原は菅井が刀を抜かず、腰を沈めて抜刀体勢をとっているのを見て、

「おぬしか、居合を遣うのは」

と、言って、薄笑いを浮かべた。

「安原、おれの居合を受けてみるか」

菅井が、安原を見据えて言った。

一方、安田は師範代の青島と対峙していた。ふたりとも青眼に構え、切っ先を敵の目にむけている。

「いくぞ！」

安田が声をかけ、摺り足で青島との間合をつめ始めた。

青島は青眼に構えたまま、後ろに下がった。すると、安田は青島との間合をつめるために、前に歩み出た。そのため、安田が戸口から離れた。この隙を、青島の近くにいたふたりの武士がとらえ、素早い動きで戸口に迫った。そして、腰高

障子を二尺ほど開けて、土間に踏み込んだ。

源九郎は目の端で、ふたりの武士が土間に踏み込んだのをとらえたが、五十嵐と対峙していたため、動けなかった。

家の中で、ドタドタという足音が聞こえ、ギャッ！　という悲鳴が響いた。家のなかにいた者が、斬られたらしい。

そのとき、家のなかで、「斬ったぞ！　久保と富島を」という声が聞こえた。家に踏み込んだふたりの武士のうちのひとりが、叫んだらしい。

その声につづいて、開いたままの腰高障子の間から、ふたりの武士が飛び出してきた。ふたりとも、抜き身を手にしたままである。

ふたりは、戸口で源九郎たちと対峙していた安原たちの背後にまわり込んだ。

「長野《ながの》、矢島《やじま》、よくやった」

安原が、家のなかから出てきたふたりの武士に目をやって言った。ふたりの名は、長野と矢島らしい。

「残るは、ここにいる華町たちだ」

安原が言った。

すると、戸口から出てきたふたりの武士は、それぞれ源九郎と安田の脇へまわり込んだ。そして、すこし離れた場から源九郎たちに切っ先をむけた。

安原たちは、戸口にいる源九郎たちも斬り殺してから、この場を離れる気らしい。

そのときだった。源九郎の家の戸口からすこし離れた別棟の脇から、お熊を先頭に、長屋の住人たちが姿を見せた。大勢である。長屋のそれぞれの家にいた女房連中と子供たち、それに何人かの男の姿もあった。男たちは、長屋に残っていた仕事に出られない年寄りと居職《いじょく》の者たちである。

「あそこだよ！　みんなで、華町の旦那たちを助けるんだ」

女房たちのなかにいたお熊が、源九郎たちを指差して叫んだ。

どうやら、お熊と何人かの女房が長屋をまわって、住人たちを集めたらしい。

「遠くから石を投げるんだ！」

「近付いたら、危ないよ！」

などという声が、女房連中のなかから聞こえた。

すると、何人かの女房が、足元にある小石を手にし、戸口にいる安原たちにむかって投げた。小石は、安原たちの足元に転がったり、だいぶ離れた場所に飛んだりしたが、ひとつだけ、安原の尻に当たった。

「おのれ！　皆殺しにしてやるぞ」

安原が反転し、手にした刀を振り上げて長屋の住人たちを威嚇《いかく》した。

「みんな！　石を投げるんだよ」

お熊が声を上げ、手にした小石を安原にむかって投げた。

石は、安原の足元に落ちて転がったが、これを見たそばにいた女房や子供たちが、次々に安原たちに石を投げつけた。

無数の石が、バラバラと安原たちにむかって投げられた。石の多くは、地面に転がったり、別の場所に飛んだりしたが、安原たちに当たる石もあった。ただ、頭や顔などには当たらなかった。

「おのれ！」

安原が、お熊たちにむかって刀を振り上げた。

そこへ、さらに多くの小石が飛んだ。小石のほとんどは地面に転がったり、別の方向に飛んだが、安原たちの体に当たる物が多くなった。

「これは、たまらん！」

安原が声を上げた。

安原は、左袖で顔を覆い、「引け！　引け！」と叫んだ。その声で、戸口近くにいた青島や五十嵐たちが、長屋の路地木戸の方へむかって走りだした。逃げたのである。

その安原たちの背後に、長屋の住人たちが投げた小石が飛んだ。

安原たちは、逃げていく。

安原たちの後ろ姿が遠ざかって見えなくなると、長屋の女房や子供たちの間から、歓声があがった。なかには、飛び跳ねて喜ぶ子供もいた。

これを見た源九郎は、石を投げて助けてくれた長屋の住人たちに近付き、

「みんな、助かったぞ！」

と、声をかけた。

源九郎だけでなく、戸口近くにいた菅井や安田も礼を口にした。すると、集まった長屋の女房連中のなかから、「よかったね」「長屋のみんなは、他人じゃァないものね」「また、来たら、あたしらが、こらしめてやるよ」などという声が聞こえた。

戸口にいた源九郎たちは、お熊や長屋の住人たちが、それぞれの家にむかうのを見てから、腰高障子をあけて、源九郎の家に入った。

孫六と平太が、座敷のなかほどにつっ立っていた。その足元に、ふたりの男が横たわっていた。捕らえてきた久保と富島である。ふたりの周囲の座敷が、飛び散った血で赤く染まっている。

孫六は土間に入ってきた源九郎たちに目をやり、

「ふ、ふたり、飛び込んできて、いきなり、斬りつけたんでさァ」

と、声を震わせて言った。

平太も目を剝いて、言葉を失っている。

「あいつら、仲間を助けに来たのではなく、殺しに来たのか」

菅井が、顔をしかめて言った。

「口封じだろうが、むごいことをする」

源九郎も、憤怒で顔が赭黒《あかぐろ》く染まった。

源九郎は、いっとき座敷に立ってふたりの死体に目をやっていたが、

「手を貸してくれ。久保と富島をわしらの手で、葬ってやろう」

と、座敷にいた仲間たちに声をかけた。

葬るといっても、長屋からすこし離れた場所にある空き地に埋めてやるだけである。

第四章　賭場

一

「華町、どうする」

菅井が訊いた。

長屋の源九郎の家に、四人の男が集まっていた。源九郎、菅井、安田、孫六である。仲間の茂次、三太郎、平太の三人には、これまでどおり、それぞれの仕事をつづけてもらうことにした。いまのところ、源九郎たち四人で十分だった。それに、長屋を守ってもらう必要もあったのだ。

「松永屋に押し入った五人の盗賊を捕らえるなり、討ち取るなりしなければ、松永屋に頼まれたわしらの仕事は終わらない」

源九郎が言うと、菅井たち三人がうなずいた。

「どんな手を打ちやす」

孫六が訊いた。

「盗賊の頭目と思われる安原や仲間たちを討つことだが……。手掛かりは、剣術道場と千鳥屋だな」

源九郎が言うと、その場にいた三人がうなずいた。

「念のため、道場の裏手にある母屋を探ってみるか。そこに、安原たちがいなければ、千鳥屋を探ればいい」

菅井が言った。

「そうしやしょう」

孫六が、声高に言った。

それで、話はまとまった。源九郎たちは、とりあえず、道場の裏手にある母屋を探ってから、千鳥屋にあたることにした。

四ツ（午前十時）ごろだった。源九郎たちは長屋を出ると、大川にかかる両国橋を渡り、賑やかな両国広小路を経て、奥州街道に入った。そして、横山町二丁目まで行き、下駄屋の脇の細い道に入った。その道の先に、剣術道場はある。源九郎たちは、何度も通った道なので、迷うようなことはなかった。

源九郎たちがいっとき歩くと、前方に道場が見えてきた。道場は閉じたままらしく、物音も話し声も聞こえなかった。

源九郎たちは道場に近付いて、路傍に足をとめた。

「道場は、閉まったままだな」

源九郎が言った。

「安原たちがいるとすれば、裏手の母屋ですぜ」

孫六が、あっしが見てきやしょうか、と言い添えた。

「いや、みんなで行こう」

そう言って、源九郎が先にたった。

源九郎たちは、道場の脇の小径に入った。その小径をたどれば、母屋の前に出られるのだ。その小径も、源九郎たちは通ったことがある。

源九郎たちは母屋の脇まで行ったが、物音も話し声も聞こえなかった。ひっそりとしている。

「留守のようだぞ」

菅井が言った。

「あっしが、戸口まで行って探ってきやす」

孫六がそう言い、一人で母屋の戸口にむかった。こうしたことは、孫六が長《た》けていた。長年岡っ引きをやっていた経験があるからだろう。

源九郎たちは、その場に立ったまま孫六の後ろ姿に目をやっている。

孫六は忍び足で母屋の戸口に身を寄せ、耳を澄ましてなかの様子を窺っているようだったが、いっときすると、その場を離れ、源九郎たちのいる場にもどってきた。

「家に、誰かいたか」

すぐに、源九郎が訊いた。

「それが、人気《ひとけ》がねえんでさァ」

孫六によると、家のなかから話し声も物音も聞こえず、静まり返っていたという。

「安原も青島も、出掛けたのかな」

源九郎が言った。

「安原が帰るのを待っても、いつになるか分からんぞ」

菅井が首を横に振った。

「そうだな。……せっかく、ここまで来たのだ。安原たちの行き先を探ってみるか」

源九郎が言うと、

「そうしよう」

すぐに、菅井が言い添えた。

源九郎たちは、いったん道場の前の道にもどった。

「どうだ、近所で聞き込んでみるか。安原たちの姿を見掛けた者がいるはずだ」

源九郎が言った。

その場にいた四人は、半刻（一時間）ほどしたら、この場に集まることにして別れた。ひとりになった源九郎は、通りの左右に目をやったが、話の聞けそうな者は見当たらなかった。

仕方なく、源九郎は道場の前の道を歩きながら、道場のことを聞けそうな者がいないか探した。

二町ほど歩いたろうか。前方に、ふたりの若侍の姿が見えた。ふたりで、何やら話しながら歩いてくる。

源九郎は路傍に立って、ふたりの若侍が近付くのを待った。ふたりに、話を聞いてみようと思ったのだ。

源九郎はふたりの若侍が近くまで来ると、歩《ほ》を寄せ、

「訊きたいことがあるのだがな」

と、声をかけた。

ふたりの若侍は、いきなり声をかけられて驚いたのか、何もいわずにふたりで顔を見合っていた。

「済まぬ。歩きながらで、いいのだ」

そう言って、源九郎はふたりと歩調を合わせて歩きながら、

「そこに、剣術道場があるが、道場主はいないのかな。表戸を閉めたままのようだが」

と、訊いてみた。

「道場主は、裏の母屋にいるはずですよ」

浅黒い顔をした若侍が言った。

「それが、裏手の母屋にもいないのだ。……実は倅を入門させようかと思って、様子を見に来たのだ」

源九郎が、思い付いたことを口にした。

「入門は、諦めた方がいいですよ。道場は閉じたままだし、道場主は剣術の稽古などやらずに、出掛けることが多いようですから」

もうひとりの瘦身の若侍が、口許に薄笑いを浮かべて言った。

「何処《どこ》へ、出掛けるのだ」

源九郎が声をひそめて訊いた。

ふたりの若侍は、顔を見合わせて黙っていたが、

「千鳥橋の近くと、聞きましたよ」

瘦身の若侍が、小声で言った。

そのとき、源九郎の脳裏に、千鳥屋のことが過《よぎ》った。安原が情婦のいる千鳥屋に出掛けても、不思議はない。

そのとき、浅黒い顔をした若侍が、源九郎に身を寄せ、

「賭場に、行くようですよ」

と、声をひそめて言った。

「賭場だと！」

源九郎は賭場のことも聞いていたが、驚いたような顔をしてみせた。

「くわしいことは知りませんが、道場主はしばらく帰らないかもしれませんよ。

賭場に行ったときは、しばらく留守にすることが多いようですから」

瘦身の若侍がそう言って、足を速めた。見知らぬ武士と、話し過ぎたと思ったのかもしれない。もうひとりの若侍が、慌てて後を追った。

源九郎は足をとめて、ふたりの若侍を見送った後、しばらく通りを歩いたが、話の聞けそうな者とは出会わなかった。

源九郎が菅井たちと別れた場所にもどると、菅井と孫六の姿はあったが、安田はまだもどっていなかった。

だが、待つまでもなく、安田が小走りにもどってきた。

「歩きながら話すか」

源九郎がそう言い、四人は来た道を引き返した。

「近くを通りかかった若侍から、聞いたのだがな。……どうも、安原は千鳥橋の近くにある賭場に出掛けたようだぞ」

源九郎が、小声で言った。

「おれが話を聞いた男も、安原が賭場に行ったらしいと言ってたな」

菅井が、口を挟んだ。

孫六と安田は、安原のことを耳にしなかったらしく、源九郎と菅井の話を聞くだけで黙っていた。

「明日にも、千鳥橋の近くに行ってみるか」

源九郎が言うと、その場にいた男たちがうなずいた。

二

翌日、昼近くなって、源九郎、菅井、安田、孫六の四人は、伝兵衛店を出た。

そして、竪川沿いの通りを経て、両国橋を渡り、奥州街道を西にむかった。

源九郎たちは浜町堀にかかる緑橋のたもとまで来ると、左手に折れ、浜町堀沿いの道を南にむかって歩いた。

「あれが、汐見橋だ」

源九郎が、前方に見えてきた橋を指差して言った。

源九郎たちは汐見橋のたもとを過ぎ、さらに浜町堀沿いの道を南にむかった。

そして、いっとき歩くと、千鳥橋のたもとに出た。

「こっちだ」

そう言って、源九郎が先にたった。

源九郎たちは、千鳥橋のたもとからすこし離れた場所にある蕎麦屋の脇にある道に入った。その道の先に、小料理屋の千鳥屋がある。

千鳥屋の女将が、安原の情婦だった。源九郎たちは、安原が千鳥屋の女将のお京と知り合ったのも、近くにある賭場に行くおりに、千鳥屋に立ち寄ったからだとみていた。

源九郎たちは道場の近くで聞き込んだおり、賭場が千鳥橋の近くにあると聞いていたのだ。

源九郎たちは前方に千鳥屋が見えてくると、路傍に足をとめた。店先に暖簾が出ていた。店は開いているらしい。

「あっしが、様子を見てきやす」

孫六がそう言って、千鳥屋に足をむけた。

源九郎、菅井、安田の三人は、千鳥屋から少し離れた路傍に立って孫六に目をやっていた。

孫六が、千鳥屋の近くまで行ったときだった。ふいに千鳥屋の格子戸が開いて、男がふたり出てきた。ふたりとも、遊び人ふうだった。日中だというのに、酔っていた。千鳥屋で、一杯飲んだ帰りらしい。

遊び人ふうの男が千鳥屋から少し離れると、孫六はふたりの背後から近付き、何やら声をかけて一緒に歩きだした。

孫六はふたりの男と歩きながら話していたが、半町ほど行くと、足をとめた。そして、ふたりの男が遠ざかってから踵を返し、源九郎たちのいる場にもどってきた。

「孫六、何か知れたか」

すぐに、源九郎が訊いた。

「賭場のことを、聞きやした」

孫六が身を乗り出して言った。

「話してくれ」

「政五郎《まさごろう》という男が、貸元《かしもと》をしている賭場が、近くにあるそうでさァ」

孫六はそう言って、源九郎たち三人に目をやった。

「その賭場に、安原も出掛けたのか」

源九郎が訊いた。

「話を訊いた男は、二本差しが三人一緒に千鳥屋を出たのを見たと言ってやした。そのなかに、安原がいたかどうかは、分からねえ」

「三人だと！」

菅井が身を乗り出して言った。

「そう聞きやした」

「安原の他に、青島と五十嵐がいたのではないか」

源九郎が言った。安原と一緒に道場の裏手にある家を出て、千鳥屋に来たのなら、師範代の青島と、食客として一緒にいることの多い五十嵐しか考えられなかった。

「おれも、青島と五十嵐が、安原と一緒だったとみる」

安田が言った。

「いずれにしろ、安原たちを探れば、分かる」

源九郎が言うと、その場にいた男たちがうなずいた。

次に口をひらく者がなく、その場が静まったとき、

「どうしやす」

と、孫六がその場にいた源九郎たちに目をやって訊いた。

「賭場がどこにあるか、知りたい」

源九郎が言った。賭場のある場所が分かれば、賭場の行き帰りに安原を捕らえることができる。千鳥屋に帰ってから、捕らえてもいい。

「賭場のある場所なら、近所に住むならず者や遊び人などに訊けば、知れるのではないか」

安田が言った。

「そうだな。しばらく、この辺りにとどまって、話の聞けそうな者が通りかかるのを待つか」

源九郎は、賭場へ出入りするような者たちが、千鳥屋の前の道を通るのではないかと思った。

源九郎たち四人は、行き交う人の目を引かないように二手に分かれ、すこし離れた場所に立って通りに目をやった。

源九郎たちが、路傍に立って小半刻（三十分）も経ったろうか。浜町堀近くにいた安田が、足早にもどってきた。そばに、孫六の姿もあった。

「ふたり、向こうから来る」

安田が、通りの先を指差して言った。

見ると、職人ふうの男がふたり、何やら話しながら歩いてくる。これから、賭場へでも行くつもりだろうか。

すると、孫六が、

「あのふたり、賭場の話をしてやした」

と、昂った声で言った。

「あのふたりに、訊いてみるか」

源九郎は、ふたりの男が近付くのを待ち、「わしが、訊いてみる」と言って、その場を離れた。

源九郎はふたりの男に近付き、

「ちと、訊きたいことがあるのだがな」

と、声をかけた。

ふたりの男は、戸惑うような顔をして源九郎を見た。見ず知らずの武士にいきなり声をかけられたからだろう。

「歩きながらでいい。あまり、他人に知られたくない話なのでな」

そう言って、源九郎はふたりの男と一緒に歩きだした。

「わしは、これが好きでな」

源九郎が、壺を振る真似《まね》をした。

「博奕《ばくち》ですかい」

ふたりのうち年上らしい大柄な男が、声をひそめて訊いた。

「その八百屋の脇の道を入った先でさァ」

大柄な男はそう言って、すこし足を速めた。

「行ってみるよ」

源九郎はそう声をかけて、足をとめた。

ふたりの男は、足早に源九郎から離れていく。

三

源九郎は、菅井たち三人のいる場にもどると、ふたりの男から聞いたことを話してから、

「賭場を見てみるか」

と、言い添えた。

「行ってみよう」

菅井が言い、安田と孫六がうなずいた。

源九郎たちは、立っていた道を二町ほど歩いた。

「そこに、八百屋がありやす」

孫六が通りの先を指差して言った。

通り沿いに八百屋があった。その店の脇に、細い道がある。

源九郎たちは、八百屋の脇まで行って足をとめた。

「この道の先に、賭場があるらしい。……行ってみるか」

源九郎が訊いた。

すぐに、菅井たち三人がうなずいた。

源九郎と孫六が先にたち、細い道に入った。すこし間をとって、菅井と安田がつづいた。道沿いには、小体な店や仕舞屋《しもたや》などがあったが、行き交う人はすくなく、ときおり子連れの女や棒手振などの物売りが通りかかるだけである。

源九郎たちは、細い道に入って一町ほど歩いた。前を歩いていた孫六が、ふいに足をとめ、

「あの家かもしれねえ」

と言って、通り沿いにある仕舞屋を指差した。

仕舞屋の前には庭があり、板塀が巡らせてあった。通りに面したところに、丸

太を二本立てただけの吹抜門があった。その門を通って、仕舞屋に出入りしているらしい。

「門のところに、子分らしい男がふたりいやすぜ」

孫六が、吹抜門を指差して言った。

源九郎たちは孫六に身を寄せて、吹抜門に目をやった。

遊び人ふうの男がふたり、吹抜門を入ったところに立っていた。

「あのふたり、賭場に来る者を待ってるようですぜ」

孫六が言った。

「下足番かもしれぬ。しばらく様子を見るか」

そう言って、源九郎が周囲に目をやった。身を隠す場所を探し、その場から賭場を探ろうと思ったのである。

「あの樫《かし》の陰は、どうだ」

源九郎が指差した。

通り沿いで、樫が枝葉を繁らせていた。その陰にまわれば、身を隠せそうである。

「そこで、待ち伏せしよう」

菅井が言い、源九郎たち四人は、樹陰に身を隠した。

源九郎たちが樹陰に身を隠して、半刻（一時間）ほど経ったろうか。仕舞屋の戸口から、遊び人ふうの男がふたり姿を見せた。ふたりは戸口に立ったまま、仕舞屋に目をやっている。

「あのふたり、賭場の下足番ですぜ」

孫六が言った。

ふたりの男が仕舞屋から出てきて、いっときすると、何人もの男がつづいて出てきた。遊び人ふうの男が四人、牢人体の武士がひとり、それに黒羽織に小袖姿の恰幅《かっぷく》のいい年配の男――。

「年配の男が、貸元の政五郎にちげえねえ」

孫六が、仕舞屋から出てきた男たちに目をやって言った。

「黒羽織の男だな、親分の政五郎は」

源九郎が念を押すように言った。

「貸元の政五郎は、賭場に来た客たちに挨拶して、出てきたにちげえねえ」

孫六によると、賭場の貸元は、賭場に来た客たちに挨拶すると、後を代貸にまかせて賭場を出ることが多いという。

孫六は長いこと岡っ引きをやっていたので、賭場のこともよく知っていた。

「どうする、政五郎たちの跡をつけるか」

菅井が訊いた。

「いや、わしらの狙いは、安原や五十嵐たちを討つことだ。博奕打ちたちは、八丁堀の同心に任せればいい。わしらは、松永屋の倅の豊助の敵を討つために、ここに来ているのだからな」

源九郎が言うと、菅井たち三人が無言でうなずいた。

政五郎たちの一行は、千鳥屋のある方へ歩いていく。そして、いっときすると道沿いの店屋の陰にまわって、姿が見えなくなった。

政五郎たちが通りの先に姿を消して、半刻（一時間）ほど過ぎた。辺りは淡い夜陰《やいん》につつまれ、仕舞屋から洩《も》れる灯《あかり》が、ぼんやりと照らしている。

暗くなってから、ひとり、ふたりと、男が賭場から出てきた。遊び人、職人、商家の旦那ふうの男などである。おそらく、博奕に負けて、金がつづかなくなったのだろう。

「出てこねえなァ」

孫六が、生欠伸を嚙み殺して言った。

そのとき、仕舞屋の戸口に目をやっていた菅井が、

「あのふたりに、様子を訊いてみるか」

と言って、戸口を指差した。

仕舞屋の戸口から、ふたりの男が出てきた。ふたりとも、職人ふうである。博奕に負けたらしく、肩を落としている。

菅井は、ふたりの男が戸口から離れ、源九郎たちのいる樫の樹陰のそばの通りに出てくるのを待って、ふたりに近付いた。

菅井はふたりに何やら声をかけ、話しながら歩いていく。そして、半町ほど歩くと、足をとめ、踵を返してもどってきた。ふたりの男は振り返って見ることもなく、足早に歩いていく。

源九郎は菅井がもどるのを待ち、

「どうだ、安原たちの様子が知れたか」

と、身を乗り出して訊いた。

「知れたが、安原たちを襲うのは、無理かもしれんぞ」

菅井が言った。

「なぜだ」

「安原は、何人もの仲間と一緒らしい」

菅井が、ふたりの男から聞いた話によると、安原の他に武士がふたり、それに遊び人ふうの仲間が三人いたという。

「ふたりの武士は、青島と五十嵐だな。遊び人ふうの三人は、賭場で知り合った男かもしれん。……いずれにしろ、ここにいる四人で、安原たちを討つのは、無理だな。返り討ちに遭う」

源九郎が言うと、菅井たちがうなずいた。

「どうしやす」

孫六が、源九郎たちに目をやって訊いた。

「今日のところは、引き上げるしかないな」

源九郎がそう言って、菅井と安田に目をやると、ふたりは、渋い顔をしてうなずいた。

四

源九郎、孫六、菅井、安田の四人は、暗くなった夜道を歩いていた。辺りは夜陰につつまれている。四人は安原たちを討つために賭場を見張った後、それぞれの塒《ねぐら》に帰るために、伝兵衛店にむかっていたのだ。

「賭場に行った安原たちを討つのは、むずかしいな」

歩きながら源九郎が言った。

「安原たちの他に、やくざの親分の政五郎がいるからな。それに、政五郎たちを捕らえるのは、おれたちでなく町方の仕事だ」

菅井が言った。

「賭場の行き帰りを狙う手もあるが、安原は何人もの仲間と一緒らしいからな。やはり、道場の裏手の母屋にいる安原たちを狙うか」

源九郎が言うと、

「安原たちとやり合うと、まちがいなくおれたちから犠牲者が出るぞ」

菅井が、渋い顔をして言った。

「そうだな」

源九郎は、肩を落とした。

次に口をひらく者がなく、源九郎たち四人は、夜道を無言で歩いた。

「安原や五十嵐は、腕がたつ。わしらから、犠牲者を出さないためにも、ひとりひとり討つなり、捕らえるなりするしかないな」

源九郎が言うと、菅井たち三人がうなずいた。

「いずれにしろ、明日、横山町にある剣術道場に行ってみるか」

安田が言った。

「とにかく、行ってみよう」

源九郎が言い、話はまとまった。明日の午後、源九郎たちは、横山町に行くことにした。今日、賭場に来ている安原たちは横山町に帰らず、千鳥橋界隈に泊まることもあるとみたからである。

その日、源九郎たちは遅くなってから、伝兵衛店に着いた。そして、それぞれの家に帰った。

翌日、源九郎は陽がだいぶ高くなってから目を覚ました。四ツ（午前十時）過ぎかもしれない。

源九郎が流し場で顔を洗っていると、戸口に近付いてくる足音がした。足音は戸口でとまり、

「華町、起きてるか」

と、菅井の声がした。

「起きてるぞ。入ってくれ」

源九郎が声をかけると、腰高障子がひらいて、菅井が姿を見せた。菅井は、飯《めし》櫃《びつ》を抱えている。

「華町、朝めしは食ったのか」

菅井が訊いた。

「まだだ。……今、起きたばかりでな」

源九郎が、照れたような顔をして言った。

「そんなことだろうと、思ってな。握りめしを持ってきた。一緒に、食おう」

菅井は飯櫃を抱えたまま勝手に座敷に上がり、座敷のなかほどに腰を下ろした。

「それは、有り難い。これから、めしを炊くわけにはいかないので、朝めしは抜きにしようかと思っていたのだ」

そう言って、源九郎は飯櫃を前にして座った。

「食ってくれ」

菅井が飯櫃の蓋《ふた》をとった。

飯櫃のなかに、握りめしが六つ、それに小皿に薄く切ったたくあんがあった。几帳面《きちようめん》な菅井は、握りめしだけでなく、たくあんまで持ってきたのだ。

「有り難い。いただくか」

そう言って、源九郎が握りめしを手にした。

源九郎と菅井が、握りめしを食べ終えて、いっときしたとき、戸口に近付いてくるふたつの足音がした。

足音は戸口でとまり、

「華町の旦那、いやすか」

と、孫六の声がした。

「いるぞ、入ってくれ」

返事をしたのは、菅井だった。

すると、腰高障子の向こうで、「菅井の旦那も、いやすぜ」という孫六の声が聞こえ、腰高障子がひらいた。姿を見せたのは、孫六と安田だった。

孫六と安田も、源九郎と一緒に横山町に行くことになっていたのだ。

「朝めしですかい」

孫六が、源九郎と菅井の前に飯櫃があるのを目にして訊いた。

「握りめしを食べ終えてな。ふたりが来るのを、待っていたのだ」

源九郎が、照れたような顔をして言った。菅井は黙ったまま、薄笑いを浮かべている。

「出掛けるか」

安田が言った。

「出掛けよう」

源九郎が言い、腰を上げた。

源九郎、菅井、安田、孫六の四人は、伝兵衛店を出ると、竪川沿いの通りにむかった。四人は竪川沿いの通りから、大川にかかる両国橋を渡り、奥州街道に出た。そして、横山町二丁目まで行き、下駄屋の脇の細い道に入った。しばらく歩くと、板塀をめぐらせた家が見えてきた。その家の脇にある道を入った先に道場がある。

源九郎たちが脇道に入ってしばらく歩くと、前方に剣術道場が見えてきた。変わった様子はない。

「道場には、だれもいないようだ」

源九郎が言った。

道場はひっそりとして、物音も話し声も聞こえなかった。

源九郎たちは、道場のそばまで行ってみた。やはり、道場にはだれもいないらしく、静寂につつまれている。

「まず、裏手の母屋だな」

源九郎が言って、道場の脇の小径に足をむけた。その小径をたどって、道場の裏手にまわれば、道場主の安原が住む母屋があるはずだ。

源九郎たちは小径を歩いて、母屋の近くまで来た。

「だれか、いやす」

孫六が言った。母屋から、障子を開け閉めするような音が聞こえた。

「近付いてみよう」

源九郎が言い、四人は足音を忍ばせて母屋に近付いた。そして、母屋の前に植えてある椿の陰に身を隠した。そこは、以前、源九郎たちが身を隠して、母屋の様子を探った場所である。

「あっしが、様子を見てきやす」

そう言い残し、孫六はひとりで家の戸口にむかった。

孫六は戸口の板戸に身を寄せ、いっとき家のなかの様子を探っていたが、やがて源九郎たちのそばにもどってきた。

「家のなかで、話し声が聞こえやした」

孫六が言った。

「安原がいたのか」

源九郎が訊いた。

「聞こえたのは男のしゃがれ声だったので、下働きかもしれねえ」

「その男は、だれと話していたのだ」

「それが、ぶつぶつ独り言を口にしてやした。他に人声も物音も聞こえなかったんで、家にいるのは、そいつだけらしい」

「そうか。安原や五十嵐は、今日も橋町の千鳥橋近くにいるのかもしれんな。千鳥屋に大勢で寝泊まりするのは無理だが、近くに寝泊まりできる宿があるのだろう。……安原は千鳥屋に行くことが多いので、近くにある宿を知っているはずだ」

源九郎が言った。

「どうしやす」

孫六が訊いた。

「そうだな。せっかくここまで来たのだ。近所で聞き込んでみるか。だれか、橋町から帰っている者がいるかもしれん」

「手分けして、聞き込むか」

菅井が言った。

「そうしよう」

源九郎たち四人は、半刻（一時間）ほどしたら、道場の前にもどることにして、その場で別れた。

五

ひとりになった源九郎は道場から離れ、来た道をさらに南にむかって歩いた。いっとき歩くと、前方にふたりの武士の姿が見えた。

ふたりとも、小袖に袴姿で大小を帯びていた。若侍である。ふたりは、何やら話しながら歩いてくる。

源九郎はふたりの若侍が近付くのを待ち、

「訊きたいことがある」

と、声をかけた。

「なんでしょうか」

浅黒い顔をした若侍が訊いた。

「そこに、道場があるのを知っているか」

源九郎が指差して訊いた。

「知ってますよ」

もうひとりの瘦身の若侍が、言った。

「道場は閉じたままだが、道場主は、ひらく気がないのかな。いや、わしの倅を、剣術道場に入門させようと思ってな」

源九郎は、もっともらしい作り話を口にした。

「そこの道場は、長い間、閉じたままですよ。……道場をひらく話は、耳にしませんが」

瘦身の若侍が言った。

「道場主の姿も見掛けんが、近くに住んでいるのか」

源九郎は、道場主の安原の住処は、裏手にある母屋と知っていたがそう訊いた。ふたりから、他のことを聞き出すためである。

「裏手の母屋ですよ」

すぐに、瘦身の若侍が言った。

「そうか。……師範代とか食客とかは、いないのか」

源九郎は、師範代も食客もいることを知っていた。やはり、ふたりに喋らせるために訊いたのだ。

「師範代の青島さまは、近くに住んでます。今朝方、家の近くで見掛けましたよ」

浅黒い顔をした若侍が言った。

「今朝、見たのか」

源九郎が、念を押すように訊いた。今朝、家にいたとすれば、青島は昨日のうちに帰ったことになる。

「見ました」

「師範代の家は、道場と近いのか」

源九郎が、身を乗り出して訊いた。

「近いですよ。ここから二町ほど歩くと、八百屋があって、その斜向かいにあるのが、青島さまのお住まいですよ」

若侍によると、青島が住んでいるのは武家屋敷ではなく、仕舞屋だという。

「青島どのの御家族は」

さらに、源九郎が訊いた。

「奥様と、ふたり暮らしのようです。……三、四年前、一人っ子の娘さんが亡くなったと聞いてます」

「娘が、亡くなったのか」

源九郎は、青島も不幸な境遇のなかで生きているらしいと思った。

源九郎が口をつぐんだまま立っていると、

「急いでいるので、これで……」

痩身の若侍が言い、もうひとりの若侍とともにその場を離れた。

源九郎はふたりの若侍が遠ざかると、来た道を先にむかって歩きだした。青島の家を確かめ、青島が帰っているかどうか確かめようと思ったのだ。

源九郎が、ふたりの若侍に聞いたとおり、さらに二町ほど歩くと、道沿いに八百屋があった。

源九郎は、八百屋の斜向かいに目をやり、

……あれだ、青島の住む家は！

と、胸の内で声を上げた。

間口の狭い平屋である。戸口の板戸は、閉まっていた。部屋は二間しかないようだ。大勢の家族で住むのは無理だろう。

……誰かいる！

家のなかで、障子を開け閉めするような音がした。

源九郎は足音を忍ばせて、家の戸口に近付いた。家のなかで、話し声が聞こえた。男と女の声である。

源九郎は、戸口の板戸に身を寄せた。すると、家のなかから、おまえさん、と呼ぶ女の声が聞こえた。

源九郎はさらに家のなかの話し声や物音を聞き、青島と妻女がいることが分かった。妻女の名は、おきよらしい。青島が名を口にしたので、分かったのである。

源九郎は家に踏み込んで、青島を捕らえようと思ったが、やめた。相手のひとりは女であっても、ひとりでふたりを相手にすると、青島に逃げられるかもしれない。それに、何の罪もない、妻女を傷つけたくなかった。

源九郎は来た道を引き返し、剣術道場にもどった。安田の姿はあったが、菅井と孫六はまだだった。

源九郎は、菅井と孫六が戻るのを待った。いっときすると、ふたりが足早にもどってきた。

源九郎が菅井たち三人に、何かつかんだか訊くと、三人とも肩を落とし、安原や五十嵐のことは何もつかめなかったと話した。

「青島の居所が、分かった。女房とふたりで、家にいる」

源九郎が言った。

「その家は、近いのか」

菅井が、身を乗り出して訊いた。

「近い、道場の先だ」

「仲間も一緒か」

「それが、女房とふたりだけのようだ」

「捕らえやしょう！　青島を」

孫六が声を上げた。その場にいた菅井と安田も、その気になって、身を乗り出した。

「一緒にいる女房は、どうする」

安田が訊いた。

「女房は、そのままでいいだろう」

源九郎も、青島を捕らえるつもりだったが、女房まで捕らえるつもりはなかった。

「あっしが、青島を外に呼び出しやしょうか」

孫六が言った。

「青島は、孫六の顔を知っているぞ」

「なァに、手拭いで頰《ほ》っかむりしやす。安原に、頼まれて来たと言いやすよ」

孫六は、口許に薄笑いを浮かべた。こうしたことは、自信があるのだろう。

「孫六に頼む。おれたちは、戸口近くに身を隠している」

源九郎が言うと、菅井と安田がうなずいた。

話がつくと、源九郎が先にたって青島の住む家にむかった。

源九郎は道沿いにある八百屋の脇に身を寄せ、

「そこの家だ」

と言って、斜向かいにある仕舞屋を指差した。

「家にいるのは、青島と女房だけですかい」

孫六が念を押すように訊いた。

「そうだ」

源九郎が言った。

「旦那たちは、ここで待っててくだせえ。すぐに、青島を呼び出しやす」

孫六はそう言うと、懐から手拭いを取り出し、頬っかむりした。そして、すこし背を丸くした。年寄りらしく見せるためらしい。

孫六は仕舞屋の戸口に近付くと、板戸に身を寄せてなかの様子を窺った後、

「青島の旦那、いやすか」

と、声をかけた。

いっとき、家のなかから何の応答もなかったが、

「だれだ」

という、青島の声が聞こえた。

「政七《まさしち》と、いいやす。安原の旦那に、頼まれて来たんでさァ」

孫六が言った。咄嗟に頭に浮かんだ名を、口にしたらしい。

いっとき、間を置いてから、家のなかで「戸は開く、入ってこい」という青島の声がした。

孫六は、そっと板戸を開けた。敷居を跨《また》ぐと、狭い土間になっていた。土間の先は板間で、そこに青島が立っていた。

「見たことのない顔だが、安原どのに、何処で頼まれたのだ」

青島が、孫六に訊いた。不審そうな顔をしている。

「千鳥屋の近くでさァ」

孫六は、咄嗟に頭に浮かんだ千鳥屋のことを口にした。

「それで、用件は」

青島が訊いた。

「安原の旦那は、道場に帰《けえ》りやした。それで、旦那に伝えておきてえことがあるんで、あっしに、呼んでくるように話したんでさァ」

孫六は、用件も考えておいたので、すぐに口から出た。

「師範は、母屋にいるのか」

青島の顔に、不審そうな色があった。まだ、安原は母屋に帰っていない、と思ったのかも知れない。

「安原の旦那は、また千鳥橋の近くに出掛けるんで、青島の旦那に話しておきたいことがある、と言ってやしたぜ」

孫六は、咄嗟に頭に浮かんだことを口にした。

「行ってみるか」

青島は、「おきよ、出掛けてくるぞ。すぐ、もどる」と、奥の座敷にいた妻女に声をかけた。

孫六は、先に戸口から出た。そして、素早い動きで、身を隠していた源九郎の背後にまわった。

源九郎は刀を手にし、青島が出てくるのを待っている。

青島は何も知らずに、戸口から出てきた。そして、孫六の姿がないので、驚いたような顔をして足をとめた。

そこへ、家の脇に身を隠していた源九郎が、素早い動きで近付き、

「動くな!」

と、声をかけ、青島の喉元に切っ先をむけた。

青島は驚いて目を剝き、身を硬くしてその場につっ立った。そこへ、菅井と安田が近寄り、青島の脇と背後にまわった。四人で、青島を取り囲むような格好になった。

青島は、蒼褪めた顔で身を震わせている。

「おれたちは、おぬしを斬ったりはせぬ」

源九郎が、青島に言った。

六

源九郎たちは、近くで青島から話を訊こうと思ったが、適当な場所がなかった。それに、話を訊いた後のこともあったので、はぐれ長屋まで連れていくことにした。

源九郎たちは、できるだけ通りすがりの者に不審を抱かれないように、人影のすくない路地や細道を辿《たど》って長屋にむかった。

そして、賑やかな両国広小路に出ると、源九郎たち四人は青島に身を寄せて歩いた。捕らえた青島を隠すためである。

途中、源九郎たちに不審の目をむける者もいたが、騒ぎ立てる者はいなかった。

源九郎たちは、はぐれ長屋に着くと、源九郎の家に青島を連れ込んだ。

「お、おれを、どうする気だ」

青島が、声をつまらせて訊いた。

「わしらは、話を訊くだけだ。後は、町方にまかせることになるかもしれぬ」

源九郎が言った。

「……！」

青島の顔から血の気が引き、体が激しく震えだした。盗賊のひとりとして、町方に引き渡されれば、命がないと知っているのだろう。

「青島、松永屋に押し入った賊のひとりだな」

源九郎が、念を押すように訊いた。

「お、おれは、見張り役で戸口近くで、見ていただけだ。それも、むりやり押しつけられて、やむなく……」

青島が、身を震わせて言った。盗賊一味にいたことは、否定しなかった。

「そのことも、町方に話しておこう」

源九郎はそう言った後、いっとき間を置いて、

「松永屋の倅の豊助を斬ったのは、五十嵐だな」

と、念を押すように訊いた。

「そ、そうだ」

青島は、隠さなかった。

「松永屋に入った賊は、五人。安原と五十嵐、それにおぬしの三人は知れているが、あとのふたりは何者だ」

源九郎が、語気を強くして訊いた。

青島は、戸惑うような顔をして口を閉じていたが、

「門弟だった佐山玄之助《さやまげんのすけ》と、井原利根次郎《いはらとねじろう》……」

と、隠さずふたりの名を口にした。いまさら、隠しても仕方がないと思ったのだろう。

「ふたりは、いまも道場の裏手にある母屋に出入りしているのか」

源九郎が訊いた。

「出入りしている」

「佐山と井原の家は、道場と近いのだな」

「横山町二丁目と聞いているが、ふたりの家が、どこにあるか知らない。行ったことがないのだ」

「そうか」

源九郎は、道場の裏手にある母屋を見張れば、佐山と井原も捕らえられる、とみて、それ以上、住まいのことは訊かなかった。

「ふたりは安原と一緒に、やくざの親分の政五郎が貸元をしている賭場にも、出入りしているのか」

「賭場には、足を運ばないはずだ。……ふたりから、博奕のことは聞いたことがない」

「そうか。……何かあったら、訊いてくれ」

源九郎は青島の前から身を引き、菅井たちに目をやった。

菅井が青島に膝を寄せ、

「佐山と井原だがな。行きつけの飲み屋か、料理屋はあるのか」

と、青島に目をやって訊いた。

「ある。おれは、その店に行ったことがないが」

「どこだ」

「汐見橋のたもと近くにある大橋屋《おおはしや》という料理屋を、馴染みにしているらしい。……ふたりで、時々行っているようだ」

青島が言った。汐見橋は浜町堀にかかっていて、奥州街道からすぐである。

「大橋屋な」

菅井は、青島から身を引いた。汐見橋のたもとまで行けば、大橋屋は分かると思ったようだ。

次に青島を尋問する者がなく、その場が沈黙につつまれたとき、

「おれを帰してくれ。足を洗って、安原たちとは縁を切る」

青島が、源九郎に目をやって言った。

「帰せだと。おぬし、何をしたか分かっているのか。見張り役だったとはいえ、二度も店屋に押し入った盗賊のひとりだぞ。しかも、幼い子供まで、殺している」

源九郎の声には、強い怒りの響きがあった。

「……………」

青島は何も言わず、肩を落とした。顔が蒼褪め、体が震えている。

「青島、しばらく、ここで暮らせ。……始末がつくまでな」

源九郎は、新たに分かった盗賊のふたり、佐山と井原を捕らえれば、岡っ引きの栄造に話して、青島を引き渡してもいいと思った。ただ、すぐに町方に動いて欲しくはなかった。今なら、残る安原と五十嵐は、道場の裏手の母屋を見張っていれば、かならず姿をあらわすはずだが、町方が母屋を探るようになれば、安原たちは姿を隠すだろう。そうなると、安原たちを討つなり、捕らえるなりすることが、難しくなる。

次に口をひらく者がなく、その場が重苦しい静寂につつまれたとき、

「汐見橋のたもとまで、行ってみやすか」

孫六が、源九郎たちに目をやって訊いた。

「大橋屋か」

菅井が身を乗り出して訊いた。

「そうでさァ」

孫六が応えた。

「明日にしよう。……これから、汐見橋のたもとまで行く気にはなれんし、ここまでくれば、焦ることはない」

源九郎が言うと、その場にいた菅井たち三人がうなずいた。

第五章　捕縛

一

源九郎は、青島政次郎から話を訊いた翌日、これまでと同じように孫六、菅井、安田の三人と一緒に、伝兵衛店を出た。捕らえた青島は、源九郎の家の座敷の柱に縛りつけてある。

源九郎たちは、新たに分かった松永屋に押し入った盗賊仲間のふたり、佐山と井原を捕らえに行くのだ。

この日、長屋に残っている茂次と平太に、時々青島の様子を見に来てもらうことになっていた。こうしたことは長くつづかないが、佐山と井原を捕らえれば、青島の身柄を岡っ引きの栄造に引き渡すつもりだったので、そう長い間ではない。

源九郎は長屋を出て、大川にかかる両国橋を渡ったところで、

「汐見橋のたもとにある大橋屋だったな」

と、念を押すように孫六に訊いた。

「汐見橋のたもとに出るなら、奥州街道でなく、別の近道もあるようですがね。行ったことがねえんで、街道を行きやすぜ」

孫六が、菅井と安田にも聞こえる声で言った。

「そうしてくれ」

源九郎も、汐見橋界隈のことは詳しくないので、孫六に任せるつもりだった。菅井と安田もうなずいている。

源九郎たちは孫六の先導で緑橋のたもとまで来ると、浜町堀沿いの道を南にむかった。そして、いっとき歩くと前方に橋が見えてきた。

「汐見橋ですぜ」

孫六が橋を指差して言った。

源九郎たちは、汐見橋のたもとで足をとめた。人通りは多かった。多くの人が、橋を行き交っている。

「武士の姿は、すくないな」

菅井が言った。橋を行き交う人のほとんどが町人だった。橋の周囲は町人地で、近くに武家地がないからだ。

「この辺りは、武士が歩いていると目立つな。大橋屋の者も、佐山と井原のことを知っているのではないか」

安田が言った。

「それにしても、佐山と井原がこの近くの料理屋に来るようになったのは、何か理由《わけ》があるのかな」

孫六が首を傾げた。

「これといった理由はあるまい。ここは剣術道場からは遠くないし、かえって気《き》儘《まま》に飲めるかもしれんぞ。それに、ふたりには贔屓《ひいき》にしている女将や女中が、いるのだろう」

源九郎が言い終えると、そばにいた安田が、

「向こうからくる二人連れの男に、大橋屋がどこにあるか訊いてみる」

そう言って、職人ふうの二人に足早に近付いた。

安田は、人混みを避けながら二人の男と歩調を合わせて歩いていたが、いっと

きすると足をとめた。そして、小走りに源九郎たちのそばにもどってきた。

「大橋屋は、そこの一膳めし屋の脇の道を入った先にあるらしい」

そう言って、安田が一膳めし屋を指差した。

見ると、一膳めし屋の脇に道があった。人が行き来し、道沿いには店屋が並んでいるようだ。

「行ってみよう」

源九郎が、先にたった。

一膳めし屋の脇の道に入ると、道沿いに蕎麦屋、一膳めし屋、居酒屋などの飲み食いできる店が目についた。ただ、行き来しているのは、ほとんどが町人で武士の姿は見掛けなかった。

源九郎たちが、脇道に入って一町ほど歩いたとき、

「あれが、大橋屋だ」

と、安田が言って、道沿いにあった店を指差した。

店先の掛看板に、「御料理　酒　大橋屋」と書いてあった。

源九郎たちは、大橋屋の近くまで行って足をとめた。客がいるらしく、店内から酔った男の濁声《だみごえ》や女の嬌声《きようせい》などが聞こえてきた。

「佐山と井原は、来てるかな」

安田が言った。

「店に入って、訊くことはできないな。……だれか、出てくるのを待つか」

源九郎が言うと、その場にいた男たちがうなずいた。

源九郎たちは、大橋屋を見張るいい場所はないか、道沿いにある店屋や脇道などに目をやって探した。

「そこの茶漬屋の脇は、どうだ」

源九郎が、大橋屋の斜向かいにある茶漬屋を指差して言った。店の脇の掛看板に、御茶漬とだけ大書してある。その茶漬屋の脇に、狭い空き地があり、そこからなら大橋屋の店先が見えるだろう。

「茶漬屋の脇で、見張るか」

すぐに、菅井が言った。

源九郎たちは、茶漬屋の脇に身を寄せた。そこは、大橋屋を見張るにはいい場所だったが、すこし狭かった。源九郎たち四人で身を隠すには、窮屈《きゅうくつ》である。

それに、四人で見張る必要はなかった。

そのとき、大橋屋の表戸が開いて、職人ふうの男がふたり出てきた。つづいて、店の女将らしい年増が姿を見せた。三人は店の入口近くで言葉を交わしていたが、すぐにふたりの男が、店先から離れた。そして、店の前の通りを汐見橋の方へ歩いていく。ふたりの男は大橋屋の客で、年増は客を見送りにきた女将らしい。

女将はふたりの男が店先から遠ざかると、踵を返して店にもどった。

「あっしが、あのふたりに、店のなかの様子を訊いてきやす」

孫六はそう言って、遠ざかっていくふたりの男の後を小走りに追った。

孫六はふたりの男に追いつくと、何やら話しながら歩いていたが、いっときすると、孫六だけ足をとめた。

孫六は踵を返し、源九郎たちのいる方に足早にもどってきた。ふたりの男は、振り返って見ることもなく、汐見橋の方へ歩いていく。

孫六は源九郎たちのそばに戻ると、

「佐山と井原は、店に来てるようですぜ」

そう、声高に言った。

「来てるか！」

源九郎の声も、大きくなった。

「店に踏み込みやすか」

孫六が訊いた。

「いや、出てくるのを待とう。店に踏み込むと、騒ぎが大きくなる。下手をすると、ふたりに逃げられるからな」

源九郎は、ふたりが店から出てくるのを待つしか手はないと思った。

二

源九郎たち四人は、通りかかった者たちに不審を抱かれないよう、すこし離れた場所に立って、大橋屋の店先に目をやった。

源九郎と孫六は、大橋屋の斜向かいにあった茶漬屋の脇にいた。小体《こてい》な店だが、店の脇が狭い空地になっていたので、身を隠して大橋屋を見張るにはいい場所だった。一方、菅井と安田は、源九郎たちからすこし離れた蕎麦屋の脇に身を隠して、大橋屋に目をやっている。

源九郎たちが、その場に身を隠して、一刻（二時間）ちかくも経ったが、佐山と井原は姿を見せなかった。

源九郎たちが痺《しび》れを切らし、大橋屋に踏み込もうかと思い始めたとき、

「出てきた！」

孫六が身を乗り出して言った。

大橋屋の店先から、女将と一緒にふたりの武士が姿を見せた。佐山と井原であろう。ふたりとも、小袖に袴姿だった。大小を腰に差している。

ふたりの武士は、店先で女将と何やら話した後、その場から離れ、汐見橋の方へむかって歩きだした。

女将はふたりが店先から離れると、踵を返して店にもどった。女将は、客のふたりを見送りに店先まで出てきたらしい。

「跡をつけるぞ」

源九郎が言い、孫六とふたりで、その場を離れた。そして、行き交う人に身を隠すようにして、ふたりの武士の跡をつけ始めた。菅井と安田は、源九郎たちからすこし間をとって歩いてくる。

源九郎たちは、前を行くふたりの武士が振り返っても不審を抱かないように、二手に分かれて、跡をつけたのだ。

源九郎と孫六は、ふたりの武士につづいて賑やかな汐見橋のたもとに出た。ふたりの武士は汐見橋を渡らず、浜町堀沿いの道を北にむかって歩いていく。

「前のふたり、剣術道場のある方へむかいやしたぜ」

孫六が、源九郎に声をかけた。

「ふたりの住む家も、横山町の二丁目近くにあるのかもしれんな」

源九郎が言った。前を行くふたりの武士は、それぞれの家に帰る途中、安原道場に寄るのではあるまいか。

「どうしやす」

孫六が訊いた。

「孫六、街道に出たら、ふたりに気付かれないように、前に出てくれ。そして、下駄屋の脇の道に入るのだ」

源九郎が言った。

「剣術道場へ、行く道ですかい」

「そうだ。……ふたりが、その道に入ったら、剣術道場にむかうとみていい。街道から離れたところで、わしが手を上げる。そうしたら、孫六はふたりの前で足をとめて、ふたりに声をかけて何か訊いてくれ」

「承知しやした」

「その間に、わしがふたりに追いつく」

源九郎が言った。ふたりと対峙して向かい合えば、背後から来る菅井と安田が、駆け付けるはずだ。三人で取り囲めば、ふたりの武士を捕らえることができる。

「行きやすぜ」

孫六が小声で言った。

「孫六、ふたりに近付き過ぎるなよ」

源九郎が、念を押すように言った。

「分かってまさァ」

孫六はそう言い残し、すこし足を速めて源九郎から離れた。

前を行くふたりの武士は奥州街道に出ると、西にむかい、緑橋を渡った。そして、街道沿いにある下駄屋の脇の道に足をむけた。その道の先に、剣術道場がある。

孫六は小走りになり、ふたりの武士を追い抜き、下駄屋の脇の道に入った。ふたりの武士は孫六を目にしたかもしれないが、気にした様子はなく、脇道に入った。

源九郎も、ふたりの武士からすこし間をとって脇道に入った。後続の菅井と安田も、源九郎の後につづくはずである。

ふたりの武士が下駄屋の脇に入っていっとき歩き、道場に近付くと、前を歩いていた孫六が急に歩調を緩めた。ふたりの武士は、孫六を目にしているはずだが、そのまま歩いていく。

これを見た源九郎は足を速め、ふたりの武士との間をつめた。

孫六はふたりの武士が近付くと足をとめて、何やら声をかけた。

ふたりの武士は足をとめ、孫六に、

「おれたちに、用があるのか」

と、年上と思われる武士が訊いた。

「ちょいと、お訊きしたいことがありやして」

孫六が、首をすくめて言った。そして、ふたりの武士の背後に、小走りに近付いてくる源九郎の姿を目にすると、

「旦那たちふたりは、剣術道場に行くところですかい」

と、顔の笑みを消して訊いた。

「おまえは、剣術道場と何かかかわりがあるのか」

年上と思われる大柄な武士が、訊いた。顔に警戒の色がある。前に立ち塞がっ

ている男は、ただの通行人ではないと察知したらしい。

「この近くに、剣術道場があると聞きやしてね。ちょいと、覗いてみようと思ったんでさァ」

孫六が、薄笑いを浮かべて言った。

「まさか、岡っ引きではあるまいな」

大柄な武士が、腰の刀に手をかけた。

孫六は後ろに身を引きながら、

「旦那たちは、岡っ引きに探られることでもしたんですかい」

と、首をすくめて言った。

「面倒だ！　井原、この場で斬り捨ててしまえ」

言いざま、大柄な武士が刀を抜いた。どうやら、大柄な武士が佐山で、瘦身の武士が井原らしい。

孫六は素早く身を引きながら、

「旦那たちに用があるのは、あっしじゃァねえ。後ろのお侍でさァ」

と言って、佐山から離れた。

佐山が、背後を振り返った。源九郎が小走りに近付いてくる。

三

佐山は、背後に近付いてくる源九郎を見て驚いたような顔をしたが、すぐに薄笑いを浮かべた。前にいる男の仲間は、老齢の武士ひとりとみたらしい。源九郎の後方にいる菅井と安田は遠方にいることもあり、仲間とは思わなかったようだ。

「年寄りひとりで、おれたちの相手をしようというのか」

佐山が揶揄《やゆ》するように言うと、

「面倒だ。後ろからくる武士も、斬り捨ててやる」

井原が、刀の柄に手をかけて言った。

「向こうから、仕掛けてきたのだ。切って捨てても、文句を言う者はおるまい」

佐山が手にした刀を一振りした。

源九郎は佐山に近付いて対峙すると、

「わしは、おぬしたちが押し入った松永屋に頼まれた者だ。おぬしたちに斬り殺された幼い倅の敵を討ってくれとな」

そう言って、刀の柄に手をかけた。

佐山は、驚いたような顔をして源九郎を見た後、

「おれは、松永屋など知らぬ」

と、吐き捨てるように言った。

「白《しら》を切っても、駄目だ。おぬしらの仲間が、白状しているのでな」

そう言って、源九郎は抜刀した。

「誰が白状したというのだ！」

佐山が、声高に訊いた。

「すぐに、仲間と会わせてやる」

源九郎は、手にした刀を峰に返した。峰打ちにするつもりだった。

「おのれ！」

佐山が憤怒に目を吊り上げ、刀を構えた。すると、脇にいた井原が、素早い動きで抜刀した。

そこへ、後方にいた菅井と安田が走り寄り、

「俺たちも、相手だ！」

と、安田が声を上げた。

佐山と井原は菅井たちを見て、驚いたような顔をした。そして、井原が、背後

から来た菅井と安田に体を向け、

「うぬらは、ここで待ち伏せしていたな！」

と、甲走った声で言った。

「待ち伏せではない。大橋屋から、うぬらの跡をつけてきたのだ」

安田が言い、刀を抜いて刀身を峰に返した。そして、井原に切っ先をむけた。

菅井は安田から身を引いている。居合は、相手を峰打ちに仕留めるのが難しいので、この場は安田にまかせるつもりらしい。

「返り討ちにしてくれる！」

井原は、安田に切っ先を向けて青眼に構えた。その切っ先が、小刻みに震えている。気が昂り、両腕に力が入り過ぎているのだ。

一方、源九郎は、佐山と対峙していた。ふたりの間合は、およそ二間半。真剣勝負の間合としては近いが、その場は狭く、間合を広くとれないのだ。

源九郎は青眼に構え、佐山は八相《はっそう》に構えをとった。

源九郎の手にした刀の切っ先が、佐山の目にむけられている。

一方、佐山は八相に構えた刀身を垂直に立てていた。大きな構えである。だが、刀身がかすかに震えていた。佐山は真剣勝負の経験がすくなく、刀の柄を握った両手に力が入り過ぎているのだ。

源九郎は、斬撃の気配を見せたまま半歩踏み込んだ。そして、佐山の目にむけていた切っ先を、わずかに寝かせた。敵に斬り込ませるための誘いである。

源九郎の誘いに、佐山が反応した。

イヤアッ!

佐山が甲走った気合を発し、いきなり斬り込んできた。

八相から袈裟《けさ》へ——。

素早い斬撃である。だが、この動きを読んでいた源九郎は、右手に体を寄せざま刀身を横に払った。

佐山の切っ先は、源九郎の肩先をかすめて空を切り、源九郎の刀身は佐山の腹を強打した。峰打ちが、佐山の腹部をとらえたのである。

佐山は呻き声を上げて、前によろめいた。そして、足がとまると、反転して切っ先を源九郎にむけようとした。

だが、佐山は、刀を構えることができなかった。苦しそうである。腹を強打されて、肋骨《あばらぼね》にひびでも入ったのかもしれない。

源九郎は素早い動きで、佐山に身を寄せ、

「動けば、首を落とすぞ！」

と言って、切っ先を佐山の喉元につきつけた。

佐山は手にした刀を取り落とし、両手で腹を押さえて、その場にうずくまった。苦しそうな呻き声を上げている。

そこへ、捕縄を手にした孫六が走り寄った。そして、佐山の両腕を後ろにとって、縛った。なかなか手際がいい。孫六は伝兵衛店に越してくる前、長年岡っ引きをしていたので、こうしたことに慣れていたのだ。

源九郎は、井原に目を転じた。

安田が井原と対峙していた。ふたりの間合は、およそ三間――。安田は八相、井原は青眼に構えている。

井原の切っ先が、小刻みに震えていた。顔から血の気が引いている。真剣勝負の経験はなさそうだ。

「こないなら、いくぞ！」

安田が、八相に構えたまま一歩踏み込んだ。

すると、井原が身を引こうとし、上半身を反らすと腰が浮いた。そして、青眼に構えた刀の切っ先が、揺れた。この隙を、安田がとらえた。

タアッ！

安田が鋭い気合を発し、八相から袈裟に斬り込んだ。

咄嗟に、井原は身を引いて安田の切っ先を躱《かわ》したが、左足が地面から突き出ていた石を踏み、体勢をくずしてよろめいた。

この隙を安田がとらえ、踏み込みざま鋭い気合とともに刀身を横に払った。素早い太刀捌きである。

安田の手にした刀身が、井原の右の二の腕をとらえた。峰打ちである。

井原は手にした刀を取り落とし、後ろによろめいた。

安田は素早い動きで、井原との間合をつめ、

「首に突き刺すぞ！」

と、声高に言って、切っ先を井原の首にむけた。

井原は動かず、身を震わせて、その場につっ立っている。そこへ、源九郎が身を寄せ、

「孫六、この男も頼む」

と、声をかけた。すでに、孫六は、佐山の両腕を縛り終えている。

孫六は足早に安田のそばに来て、

「あっしが、縄をかけやす」

と、言って、井原の両腕を後ろにとって縛った。

「孫六、手際がいいな」

安田が孫六に声をかけた。

「剣術は駄目だが、縄をかけるのはあっしに任せてくだせえ」

孫六が胸を張って言った。

四

「捕らえたふたりだが、どうする」

安田が、源九郎に訊いた。

源九郎は、辺りに目をやった。土地の住人らしい男が何人か、源九郎たちに目をむけている。

「ここで、話を訊くわけにはいかないな」

源九郎は通りの先にも目をやったが、話の聞けそうな場所はなかった。仮に、話の聞けそうな場所があっても、聞いた後、ふたりを斬殺することも放免することもできない。源九郎たちは、いずれ岡っ引きの栄造にふたりを引き渡すつもりだったが、このままではそれもできない。

すると、源九郎と安田のやりとりを聞いていた菅井が、

「どうだ、面倒だが、ふたりを長屋まで連れていくか。孫六に縄を持たせ、安田が奉行所の同心のような顔をして連れていけば、騒ぎ立てる者はおるまい」

そう言って、安田に目をやった。

安田は苦笑いを浮かべたが、ちいさくうなずいた。

源九郎が先にたち、すこし間をとって、孫六が佐山と井原の縄を手にして歩きだした。孫六には長年岡っ引きだった経験があるので、捕縄を手にして歩く姿もそれらしく見えた。その孫六と一緒に、安田が町方同心のような顔をして歩いていく。

源九郎たちは、奥州街道から賑やかな両国広小路に入った。様々な身分の老若男女が行き交っている。源九郎たちに不審の目をむける者もいたが、騒ぎ立てる者はいなかった。多くの者は八丁堀同心が下手人を捕らえ、手先とともに番屋にでも連れていくと見たようだ。

源九郎たちは両国広小路を通り抜け、大川にかかる両国橋を渡って本所に入った。そして、竪川沿いの道を経て、はぐれ長屋の源九郎の家に、捕らえたふたりを連れ込んだ。

源九郎の家には、縄を掛けられた青島が閉じ込められていた。青島のそばに、茂次の姿があった。

源九郎は家にいる茂次を目にし、

「茂次、青島の様子を見にきてくれたのか」

と、声をかけた。

「今日は、仕事を早く切り上げやしてね、様子を見に来たんでさァ」

茂次はそう言って、源九郎たちが連れてきたふたりの武士に目をやった。

「松永屋に押し入った賊のふたり、佐山と井原だ」

源九郎が、ふたりに目をやって言った。

佐山と井原は、縄をかけられて座敷の隅の柱に縛りつけられている青島に目をやって、顔色を変えた。すでに、源九郎たちが、青島を捕らえて尋問していることを察したからである。

源九郎は、捕らえてきた佐山と井原を座敷のなかほどに座らせ、

「茂次、ふたりの猿轡を取ってくれ」

と、声をかけた。

源九郎と一緒に長屋に帰った菅井、安田、孫六の三人も座敷に上がり、佐山と井原を取り囲むように立っている。

すぐに、茂次が佐山と井原の猿轡をとった。ふたりは、自分たちを取り囲むように立っている源九郎たちを見て、顔に恐怖の色を浮かべた。

「すでに、青島から話を聞いているのでな。ふたりから、聞くことはあまりないのだ」

源九郎が、穏やかな声で言った。

「念のために訊くが、松永屋と福田屋に押し入ったのは、安原とここにいる青島、それに五十嵐とおまえたちふたりだな」

源九郎が、佐山と井原に目をやって訊いた。

ふたりは、何も言わなかった。蒼褪めた顔で、震えている。

「喋りたくないか。……まァ、町方で拷問されれば、喋りたくなくとも、喋るだろう」

そう言って、源九郎はいっとき間を置いた後、

「松永屋と福田屋に押し入って奪った金は、五人で山分けしたのか」

と、声をあらためて訊いた。

「や、山分けなどしていない」

井原が、声を震わせて言った。

「おまえたちの分け前は、ないのか」

源九郎が穏やかな声で訊いた。

「おれと佐山は、後で五十両ずつ貰っただけだ」

井原が言うと、佐山がうなずいた。

「分け前が、ひとり五十両はすくないな。残りの金は、どうしたのだ」

源九郎が、訊いた。

「道場主と五十嵐どのが……」

佐山が、口を挟んだ。

「残りの金は、安原と五十嵐で山分けしたのか」

「ちがう。道場主の安原どのと五十嵐どのも、おれたちと同じ五十両ずつだ」

佐山が言った。

「奪った金の残りは、どこにあるのだ」

源九郎が訊いた。

「道場主の安原どのの家に……。その金で、道場を建て直すことになっているのだ」

佐山が言うと、それまで黙っていた青島が、

「おれも、奪った金は、道場を建て直すために使うと聞いたことがある」

と、口を挟んだ。

「すると、松永屋と福田屋で奪った金の多くは、道場主の安原の手元に残っているのか」

源九郎が訊いた。

「分からない。……すくなくなって、いるかもしれない」

青島が、つぶやくような声で言った。

「どういうことだ」

「道場主と五十嵐どのは、ちかごろ料理屋や賭場などに出掛けることがあって……」

青島が顔をしかめて言った。

佐山と井原も、肩を落として渋い顔をしている。

「大金を手にして、剣術の稽古より酒と博奕に目がむいたというわけか」

源九郎が言った。

次に口をひらく者がなく、座敷が沈黙につつまれると、

「おれたちを、帰してくれ。安原道場とは縁を切る」

佐山が、身を乗り出して言った。すると、そばにいた井原も、「帰してくれ」と訴えた。

「帰すことはできぬ。どのような訳があろうと、おぬしたちは、松永屋と福田屋に押し入った盗賊の仲間だ」

源九郎が、三人の男に目をやって言った。

五

翌朝、源九郎は孫六を連れて伝兵衛店を出ると、諏訪町にむかった。盗賊の青島と佐山、井原の三人を捕らえたことを岡っ引きの栄造に知らせ、残る安原と五十嵐を自分たちの手で討つことを話しておくためである。

捕らえた青島、佐山、井原の三人は、源九郎の家に閉じ込めてあった。狭い長屋の家なので、何が起こるか分からない。そこで、菅井と安田のふたりに頼み、

交替で様子を見てもらうことになった。

源九郎と孫六は竪川沿いの道から両国橋を渡り、賑やかな両国広小路に出た。そして、神田川にかかる浅草橋を渡って、奥州街道を北にむかった。浅草御蔵の前を通り過ぎ、しばらく歩くと諏訪町に入った。そして、いっとき歩いてから、右手の路地に足をむけた。その路地の先に、栄造と女房のお勝のふたりでやっている勝栄という蕎麦屋がある。

栄造は岡っ引きだが、事件の探索にあたっていないときは蕎麦屋の勝栄にいることが多かった。

源九郎と孫六は、勝栄の店先まで来た。客がいないのか、ひっそりとしている。ふたりは、縄暖簾をくぐった。やはり、店内に客はいなかった。右手奥の板戸の向こうで水を使う音がした。

「栄造、いるかい」

孫六が声をかけた。すると、水を使う音がやみ、「おまえさん、お客さんのようだよ」という、お勝の声がした。

すぐに、板戸が開いて、栄造が顔を出した。栄造は、蕎麦屋の仕事を手伝っていたらしく、襷《たすき》をかけていた。

「おふたり、お揃いで、何かありましたかい」

栄造が、濡れた手で襷を外しながら訊いた。

「松永屋と福田屋に押し入った賊のことでな」

源九郎が言った。

「賊のことで、何かつかみやしたか」

栄造が、身を乗り出した。

「わしらが、賊を捕らえたのだ。三人だけだがな」

「……！」

栄造は目を剝き、息を呑んで源九郎と孫六を見つめた。

「ただ、押し入った賊のうちの三人だけなのだ。頭目の安原と牢人の五十嵐は、まだだ。押し入った店の者を手にかけたのは、五十嵐らしい」

源九郎が言った。

「と、ともかく、腰を下ろしてくだせえ」

栄造が、板敷の間に手をむけて言った。

「蕎麦を、貰うかな」

源九郎はせっかく蕎麦屋に来たので、蕎麦を食べながら話そうと思った。

「お勝に、話してきやす」

栄造はそう言い残し、板場にもどった。

源九郎と孫六が、板敷の間に腰を下ろすと、栄造がもどってきた。

「そ、賊の三人を捕らえたそうですが、三人はどこにいるんです」

栄造が、すぐに訊いた。声がうわずっている。突然、盗賊を捕らえたと、聞いたからだろう。

「三人とも、長屋のわしの家にいる。菅井たちが、見ているはずだ。その三人を栄造に引き渡そうと思って来たのだ」

源九郎が言った。

「すぐに、八丁堀の旦那に知らせやす」

栄造が意気込んで言った。

「いや、すぐでなくていい。二、三日待ってくれ。まだ、頭目の安原と、押し入った店の者を手にかけた牢人の五十嵐が残っている。……そのふたりは、仲間の三人が町方に捕らえられたと知ったら、姿を消すからな」

「賊の残りは、ふたりですかい」

栄造が訊いた。

「そうだ」

「ふたりのことも、何かつかんでるんですかい」

栄造が、畳み掛けるように訊いた。

「つかんでいる」

源九郎が、剣術道場のことを口にし、

「実は、今日、ここに来たのは、捕らえた三人のことを栄造に知らせるだけでなく、頼むことがあったのだ。二、三日のうちに、安原と五十嵐を討つつもりなので、剣術道場には探りを入れないで欲しい。それに、下手に仕掛けると、町方から大勢の犠牲者が出る。安原と五十嵐は、腕が立つのだ」

と、言い添えた。

「分かりやした。旦那たちが、安原と五十嵐を討つのを待ちやす」

栄造が言った。

「わしらが、反対に安原たちに討たれるかもしれん。そのときは、わしらの敵を討つつもりで、安原と五十嵐を捕らえてくれ」

いつになく、源九郎が厳しい顔をして言った。

「旦那たちが、負けるようなことはねえ、と信じてやす」

栄造が、真剣な顔をして言った。

源九郎たちがそんなやり取りをしているところに、お勝が姿を見せ、「お蕎麦が、できました」と知らせた。

「ここに、運んでくれ。蕎麦を馳走になる」

源九郎が言った。

源九郎と孫六は、お勝が運んでくれた蕎麦を食べ終えると、その日は酒を飲まずに蕎麦屋を出た。

珍しく、店の戸口まで見送りに来た栄造が、

「華町の旦那も孫六親分も、無理はしねえでくだせえ」

と、源九郎と孫六に声をかけた。

六

源九郎と孫六が諏訪町に出掛けた翌朝、伝兵衛店の源九郎の家に、七人の男が集まっていた。源九郎、菅井、安田、孫六、茂次、平太、三太郎の七人である。

今日は、源九郎たちが、残る安原と五十嵐を討ちに剣術道場へ行く日だった。

此度《こたび》の件で、関わりの少なかった茂次、平太、三太郎の三人も、話を聞いて駆け

付けたのだ。

「あっしらも、行きやす」

茂次が言うと、平太と三太郎がうなずいた。

「相手は、ふたりだ。わしら四人で何とかなる。それに、茂次たちには、頼みがある。わしの部屋に閉じ込めてある青島たち三人を見ていてくれ」

源九郎が言った。

「承知しやした」

茂次が言うと、平太と三太郎がうなずいた。

「わしらは、出掛けるぞ」

源九郎が、傍らに置いてあった大刀を手にして立ち上がった。

源九郎につづいて、菅井、安田、孫六の三人が腰を上げた。安原たちと戦うのは、源九郎、菅井、安田の三人だが、孫六は敵の隠れ家を探りにいくために加わったのである。

源九郎たち四人は、腰高障子をあけて外に出た。茂次たち三人も戸口まで出て、源九郎たちを見送ってくれた。

源九郎たちは、竪川沿いの通りから両国橋を渡り、賑やかな両国広小路に出てから奥州街道に入り、横山町二丁目まで来て、下駄屋の脇の道に入った。そして、道沿いにあった板塀をめぐらせた家の脇の道をいっとき歩くと、前方に剣術道場が見えてきた。源九郎たちは、何度も行き来した道である。

源九郎たちは、剣術道場の近くまで来て足をとめた。

「道場は、閉まったままだ」

源九郎が言った。

「安原がいるのは、裏手の母屋だな」

菅井が母屋に目をやった。

その場からでは、母屋から物音や人声が聞こえなかった。人がいるかどうかも、分からない。

「あっしが見てきやしょう」

そう言って、孫六がその場を離れようとすると、

「いや、みんなでいこう」

源九郎が孫六に声をかけ、道場の脇の小径に足をむけた。その小径の先に、母屋がある。

源九郎たち四人は、小径をたどって母屋の近くまで来た。

「いるぞ」

菅井が小声で言った。

母屋から、男の話し声が聞こえたのだ。

「ひとりじゃァねえ、何人もいる」

孫六が言った。

家のなかから、何人かの話し声が聞こえた。男たちが、話しているらしい。その物言いから、いずれも武士であることが知れた。

「安原と五十嵐の他に、門弟だった男もいるのではないか」

安田が言った。

「家の近くまで、行ってみよう」

源九郎が先にたち、足音を忍ばせて母屋に近付き、家の前に植えてある椿の陰に身を隠した。そこは、これまで何度か、源九郎たちが身を隠して、母屋のなかの様子を探った場所である。

家のなかから、男たちの話し声が聞こえた。何人かいるようだ。聞こえてきた会話から、師匠、五十嵐どの、と呼ぶ声が聞き取れた。門弟だった男らしい。師匠は、安原のことであろう。

「あっしが、探ってきやす」

孫六が言い、ひとりでその場を離れた。孫六は長年岡っ引きをしていた経験があり、こうしたことに慣れていた。

孫六は家の戸口に身を寄せ、聞き耳をたてて家のなかの話し声を聞いているようだったが、いっときするとその場を離れた。

孫六は、源九郎たちのいる場にもどり、

「家のなかには、四、五人いやす」

と、声を潜めて言った。

「安原と五十嵐は、いたか」

すぐに、源九郎が訊いた。

「ふたりとも、いやした」

孫六によると、家のなかから、師匠と呼ぶ声が聞こえたそうだ。また、五十嵐どのと呼ぶ声も耳にしたという。

「すると、家のなかには、安原と五十嵐、それに門弟らしい武士が、二、三人いるということだな」

源九郎が念を押すと、孫六がうなずいた。

「どうする」

安田が源九郎に訊いた。

「門弟がいるとは思わなかったが、このまま手を引くつもりはない」

源九郎が、小声だがきっぱりと言った。

「華町が、その気ならやろう」

菅井が、家を睨むように見据えて言った。すると、その場にいた安田が、「安原たちを討とう」と言い添えた。

「家に踏み込みやすか」

孫六が訊いた。

「だめだ、狭い家のなかに踏み込むと、裏手から逃げられる。それに、味方から犠牲者が出るぞ」

源九郎が、語気を強くして言った。

「外に呼び出すしかないな」

菅井が口を挟んだ。

「あっしが、呼び出しやしょう」

「孫六、相手は安原たちだぞ」

源九郎は、一人で家に踏み込むと、安原たちに斬られると思った。

「なあに、あっしなら、油断をするはずでさァ。それに、家には、四、五人もいるんだ。味方が何人もいるので、勝てると思い、呼び出さなくても、安原たちの方から出てくるかもしれねえ」

「孫六に頼む」

源九郎が言った。

「行きやす」

孫六の顔が、いつになく強張っていた。気が昂っているだけでなく、不安もあるのだろう。

七

孫六が家の戸口に身を寄せると、板戸の向こうから、男たちのやり取りが聞こえてきた。いずれも、武士の物言いである。会話のなかで、「御師匠」「五十嵐どの」と呼ぶ声が聞こえた。土間近くの座敷に、安原と五十嵐もいるらしい。

孫六は戸口の板戸をたたき、「安原の旦那、入《へえ》りやす」と声をかけてから、板戸を開けた。いきなり、斬り付けられるのを防ぐためである。

土間の先の座敷に、男たちの姿が見えた。五人いる。安原と五十嵐、それに門弟らしい若侍が三人である。

五人の男は、土間に入ってきた孫六を見て、話をやめた。

「おまえは、華町たちと一緒にいた男だな」

安原が言った。どうやら、孫六のことを知っているらしい。何処かで、源九郎と一緒にいるのを目にしたにちがいない。

「何の用だ！」

五十嵐が、語気を強くして訊いた。

「用があるのは、あっしじゃァねえ。表にいる華町の旦那でさァ」

孫六が首をすくめて言った。

「表にいるのか」

安原が訊いた。

「来てやす」

「何人いる」

五十嵐が、脇に置いてあった大刀を摑んで訊いた。

「三人でさァ。あっしを入れると、四人になりやす」

孫六は、正直に人数を口にした。安原たちは、五人いる。表にいる武士が三人と聞いても、逃げ出すことはない、と孫六はみたのだ。安原たちは、返り討ちにするいい機会だと思うはずである。

「伝兵衛店のやつらを始末してくれる」

五十嵐が言った。

孫六は、五十嵐たち五人が刀を手にして立ち上がるのを見て、土間から出た。そして、素早く戸口から離れた。

先に、五十嵐と三人の若侍が、戸口から出てきた。最後に安原が姿を見せた。

「あそこだ！」

五十嵐が、椿の陰にいる源九郎たちを指差して言った。

「斬れ！　あいつらを斬れ」

安原が叫んだ。

すると、安原のそばにいた三人の若侍が、次々に抜刀した。安原と五十嵐も、刀を抜いた。敵は武士三人とみて、逃げずに戦う気になったらしい。

源九郎は抜刀し、椿の陰から出た。つづいて、菅井と安田も樹陰から出た。安田は刀を抜き、菅井は刀の柄に手をかけた。菅井は居合を遣うので、抜刀の瞬間が敵との勝負を決める。

「五十嵐！　わしが相手だ」

源九郎が声を上げた。

源九郎は、五十嵐が異様な気合を発しざま、敵を斬ることを知っていた。豊助が斬られたとき、近くにいた母親のおしげが、賊の発した奇妙な気合を聞いていたのだ。腕がたつ。その五十嵐を斬ることが、松永屋の倅、豊助の敵を討ち、父親の吉兵衛の依頼に応えることになる。

「ここで、貴様を始末してくれる」

五十嵐が、手にした刀を八相に構えた。両腕を高くとった大きな構えで、切っ先で天空を突くように、刀身を垂直に立てている。

一方、源九郎は青眼に構え、切っ先をすこし高くとって、五十嵐の左拳につけた。八相に対応する構えである。

ふたりの間合は、およそ三間――。

真剣勝負の立ち合いにしてはすこし遠間《とおま》だが、源九郎は五十嵐の八相の構えに対応するために、間合を広くとったのだ。

ふたりは、青眼と八相に構えたまま動かなかった。斬撃の気配を見せ、気魄《きはく》で攻め合っている。

このとき、菅井は安原と対峙していた。

安原は青眼に構え、切っ先を菅井の目にむけている。道場主だけあって、腰の据わった隙のない構えである。

菅井は腰の刀の柄に右手を添え、居合の抜刀体勢をとっていた。いまにも抜刀して、斬り込みそうな気魄がある。

「居合だな」

安原が、青眼に構えたまま言った。安原は菅井が居合を遣うことを知っていた。

ふたりは、対峙したまま動かなかった。菅井も、抜刀の一瞬に勝負をかけるので、迂闊に仕掛けられないのだ。

そのとき、安田と対峙していた若侍が、悲鳴を上げた。肩から胸にかけて小袖が裂け、あらわになった肌から血が流れ出ている。安田に斬られたらしい。

それほどの深手ではなかったが、若侍は恐怖に顔を歪《ゆが》めて後じさった。そして、家の戸口近くまで身を引いた。戦いの場から逃げたと言ってもいい。すると、そばにいたふたりの若侍も、安田から身を引いて、大きく間合をとった。

「どうした、逃げるのか！」

安田が、声を上げた。

すると、若侍のひとりが、「こやつの後ろに、まわれ！」と叫んだ。

その若侍の声で、菅井と対峙していた安原が、いきなり仕掛けてきた。

踏み込みざま、青眼から袈裟に斬り込んだ。素早い斬撃である。道場主だけあって、腕が立つ。

刹那《せつな》、菅井が右手に一歩体を寄せざま、
イヤアッ！

と、鋭い気合を発して抜刀した。

刀身が、キラッ、と光った次の瞬間、切っ先が安原の肩から胸にかけて斬り裂いた。

迅《はや》い！　安原の目には、一瞬光が映じただけで、刀身は見えなかっただろう。

だが、安原は倒れなかった。刀の切っ先を菅井にむけたまま立っていた。その切っ先が、小刻みに震えている。

「安原、勝負あったぞ。刀を引け！」

菅井が声をかけた。

「まだだ！」

叫びざま、安原がいきなり、斬り込んできた。

刀を振り上げざま、袈裟へ——。

だが、迅さも鋭さもなかった。ただ、振り上げて、斬り下ろしただけである。

安原の怪我が、そうさせたのだ。

菅井は体を右手に寄せて、安原の斬撃をかわすと、刀身を横に払った。素早い太刀捌きである。

その切っ先が、安原の首をとらえた。

安原の首が傾《かし》ぎ、ビュッ、と血が赤い筋を引いて飛んだ。切っ先が、首の血管《ちくだ》を斬ったらしい。

安原は前によろめき、足がとまると、腰から崩れるように倒れた。

地面に俯《うつぶ》せに倒れた安原は、顔を上げようともしなかった。かすかに呻き声が聞こえただけである。

安原の首から流れ出た血が、赤い布を広げていくように地面を赤く染めていく。

菅井は安原のそばに立つと、源九郎に目をやった。

このとき、源九郎は五十嵐と対峙していた。すでに、斬り合っていたが、まだふたりとも無傷である。

ふたりの間合は、およそ二間半——。

源九郎は青眼、五十嵐は八相。ふたりは、斬り合う前と同じ構えをとっていた。

五十嵐は、安原が倒れているのを目にすると、
キエエッ！

という甲高い気合を発して、斬り込んできた。松永屋の豊助が殺されたとき、母親のおしげが耳にした奇妙な声である。

八相から袈裟へ——。

閃光《せんこう》がはしった。まさに、稲妻のような斬撃である。

咄嗟に源九郎は身を引いて、五十嵐の切っ先をかわした。そして、五十嵐から

間合をとって、青眼に構えた。

源九郎と五十嵐の間合が、ひろがったときだった。ふいに、五十嵐が反転した。そして、抜き身を手にしたまま走りだした。逃げたのである。

一瞬、源九郎は、その場に棒立ちになった。五十嵐が逃げるなどとは、思ってもみなかったのだ。そのため、源九郎は、反応が遅れた。

「ま、待て！」

源九郎は声を上げ、五十嵐の後を追った。

五十嵐の逃げ足は速かった。母屋の前から道場の脇の小径に逃げ、その姿が見えなくなった。

源九郎の足がとまった。追っても、五十嵐に追いつけないとみたのだ。

源九郎のそばに、菅井、安田、孫六の三人が走り寄った。

「五十嵐に逃げられたよ」

源九郎が、渋い顔をして言った。

「菅井の旦那が、安原は討ち取りやした！」

孫六が、昂った声で言った。

「安原は討ち取ったか！」

そう言って、源九郎が周囲に目をやった。

「そこでさァ」

孫六が指差した。
五、六間離れた場所に、安原が俯せに倒れていた。出血が激しかったらしく、辺りの地面が赭黒く染まっている。
「一緒にいた三人の若い武士は、どうした」

源九郎が訊いた。

「ひとり斬ったが、命を落とすほどの深手ではなかった」

安田はそう言った後、

「道場主の安原が斬られたのを見て、三人とも慌てて逃げたよ」

と、苦笑いを浮かべて言い添えた。

「三人は、逃がしてもよかったのだ。わしらは、三人と斬り合うほどのかかわりはないからな」

源九郎が言うと、その場にいた男たちがうなずいた。

「長屋に、帰《けえ》りやすか」

孫六が胸を張って言った。

「そうだな。ここにいても、五十嵐はもどってこないだろう」

源九郎が、その場にいた菅井と安田に目をやって言った。

源九郎たち四人は、道場の脇の小径に足をむけた。このまま、本所相生町の長屋に帰るつもりだった。

第六章　奇剣

一

はぐれ長屋の源九郎の家に、五人の男の姿があった。源九郎たちが、安原を討ち取った二日後だった。

源九郎、菅井、安田、孫六、それに、青島である。青島と一緒に閉じ込めてあった佐山と井原の姿はなかった。

昨日、源九郎たちは、佐山と井原を岡っ引きの栄造に引き渡した。そのとき、源九郎たちは、剣術道場を襲い、道場主であり、盗賊の頭目でもある安原は討ち取ったが、五十嵐に逃げられたことを栄造に話した。そして、五十嵐は、何としても自分たちの手で討ちたいと言い添えた。

栄造は、佐山と井原を松永屋と福田屋に押し入った盗賊の仲間として、町方同心に引き渡すはずだ。

この日、源九郎たちのなかに、青島も加わっていた。

青島は盗賊のひとりであったが、源九郎の家に閉じ込められている間、色々話を聞いているうちにすっかり改心し、すこしでも罪を償いたいと言い、剣術道場のことや五十嵐が身を隠していそうな場所などを話した。源九郎たちの味方についたと言ってもいい。

青島は源九郎たちと話しているとき、五十嵐が道場の裏手の母屋を出て身を隠すとすれば、浜町堀にかかる千鳥橋の近くにある小料理屋ではないか、と口にした。

「千鳥屋か！」

源九郎が身を乗り出した。

源九郎は、道場主の安原の情婦が千鳥屋の女将だと知り、千鳥屋を探りにいったことがあった。そのとき、安原と五十嵐は、千鳥屋で知り合ったという話を耳にしていたのだ。

「そうです」

青島が小声で言った。

「五十嵐が身を隠しているのは、千鳥屋らしいぞ！」

源九郎が声高に言った。

すると、そばにいた菅井たち三人が、うなずいた。菅井たちも千鳥屋のことは、知っていたのだ。

「どうしやす」

孫六が訊いた。

「今日は、もう遅い。明日、早いうちにここを出て、千鳥屋まで行ってみよう」

源九郎が言った。

すでに、昼近かった。昼飯を食ってから出掛けて、浜町堀にかかる千鳥橋の近くまで行くと、だいぶ遅くなるだろう。それに、焦ることはなかった。五十嵐が、千鳥屋にいるとすれば、しばらく千鳥屋に身を隠しているはずだ。

「焦ることはない。五十嵐は、しばらく千鳥屋にいるだろう」

源九郎が言うと、その場にいた菅井たち三人がうなずいた。

翌朝、源九郎、菅井、安田、孫六の四人は、いったん源九郎の家に集まってから長屋を出た。

源九郎たちは、竪川沿いの道を通って両国橋を渡った。そして、賑やかな両国広小路から奥州街道に入り、浜町堀にかかる緑橋のたもとを南にむかった。堀沿いの道をいっとき歩くと、前方に汐見橋が見えてきた。

源九郎たちは、汐見橋のたもとを過ぎ、その先にある千鳥橋のたもとまで行って足をとめた。

源九郎は見覚えのある蕎麦屋を目にし、

「千鳥屋があるのは、そこの蕎麦屋の脇の道だったな」

と言って、指差した。

「行きやしょう」

孫六が、意気込んで先にたった。

蕎麦屋の脇の道沿いには、見覚えのある料理屋や一膳めし屋などがつづいていた。いっとき歩くと、小料理屋らしい店が見えてきた。安原の情婦が女将をしている小料理屋の千鳥屋である。

源九郎たちは、千鳥屋からすこし離れた路傍に足をとめた。

「五十嵐は、来てやすかね」

孫六が、千鳥屋に目をやりながら言った。

五十嵐は、安原と一緒に千鳥屋に来ることがあった。そして、酒を飲むだけでなく、千鳥屋から近くにある賭場へも出掛けていたのだ。

安原が死んだ後、五十嵐は身を隠すだけでなく、賭場へも行くつもりで千鳥屋に来ているのかもしれない。

「あっしが、店を探ってきやす」

そう言って、孫六が千鳥屋の入口にむかった。

孫六は入口の格子戸に近付いて、なかの様子を窺っていたが、いっときすると、慌てて入口から離れた。そして、路傍に立って入口に目をやった。

すぐに格子戸が開いて、職人ふうの男と年増が出てきた。年増は千鳥屋の女将、お京である。

職人ふうの男は、入口の前でお京と何やら話していたが、「また、来らァ」と声高に言って、その場から離れた。

お京は店の入口の前に立って、職人ふうの男に目をやっていたが、男が店先から遠ざかると、踵を返して店内にもどった。

職人ふうの男は、肩を振りながら千鳥橋の方に歩いていく。

孫六はその場を離れ、小走りに男の後を追った。千鳥屋に、五十嵐が来ているかどうか、訊くつもりだった。

孫六は職人ふうの男に追いつくと、

「すまねえ、訊きてえことがあるんだ」

と、声をかけた。

「おれかい」

男が足をとめて振り返った。

「歩きながらでいいぜ。なに、たいしたことじゃァねえんだ」

そう言って、孫六はゆっくりとした歩調で歩きだした。

男は孫六と肩を並べて歩きながら、

「何が、訊きてえんだい」

と、孫六に顔をむけて訊いた。

「いま、千鳥屋から出てきたのを見てな。客のなかに、二本差しがいたかどうか、聞きてえんだ」

孫六が言った。

「おれが店に入《へえ》ったときはいたが、今はいねえよ」

男が歩きながら言った。

「店から出たのかい」

「そうよ」

男が素っ気なく言った。

「どこへ行ったか、分かるかい」

「分からねえよ」

男は、吐き捨てるように言って足を速めた。見ず知らずの男が、店にいた武士のことを執拗《しつよう》に訊くので、関わりたくないと思ったようだ。

孫六は、足をとめた。そして、小走りに源九郎たちのそばにもどった。

「何か、知れたか」

すぐに、源九郎が訊いた。

「二本差しが店にいたが、いまはいねえそうで。……店を出て、どこかへ出掛けたようですぜ」

孫六が、言った。

「その二本差しが、五十嵐とみていいな。武士が、店に来ることはすくないはずだ。それで、行き先は訊かなかったのか」

「どこへ行ったか、分からねえ、と言ってやした」

「そうか。……しばらく、様子を見るか」

源九郎が、その場にいる男たちに目をやって言った。

二

源九郎たちは、千鳥屋からすこし離れた路傍に立って店先に目をやっていた。

半刻（一時間）ほどすると、いつ帰ってくるか分からない五十嵐を待つことに飽きたのか、

「旦那、千鳥屋に入《へえ》って、一杯やりながら待ちやすか」

と、孫六が薄笑いを浮かべて言った。

「店のなかで、待つのか」

源九郎が聞き返した。

「そうでさア。……五十嵐が帰《けえ》ってきたら、驚きやすぜ」

孫六が、その場にいた男たちに目をやって言った。

「おもしろい。千鳥屋で待とう」

菅井が、身を乗り出して言った。

「一杯やりながら、待つか」

源九郎も、店にもどってきた五十嵐を襲って斬るなり、捕らえるなりすればいいと思った。

「一杯やりやしょう」

孫六が声高に言った。

源九郎たち四人は、千鳥屋の暖簾をくぐって店に入った。まだ、昼間ということもあって、客の姿はなかった。土間の先が、小上がりになっていた。その奥に、障子が立ててある。座敷になっているらしい。

店内の右手奥の板戸が開いて、年増が顔を出した。女将のお京だ。

お京は源九郎たちを見て、驚いたような顔をしたが、

「いらっしゃい」

と、言って、笑みを浮かべた。驚いたのは、四人の男のなかに見知らぬ武士が三人もいたからだろう。

「酒を頼む。肴は、見繕ってくれ」

源九郎は言った。

「すぐ、支度します。……そこを使ってください」

お京は、小上がりに手をむけた。

「小上がりを、使わせてもらうぞ」

源九郎が言い、四人は小上がりの脇に腰を落ち着けた。五十嵐が店に入ってきたとき、気付かれないような場所を選んだのだ。

お京の姿が店の奥にある板場にもどって、いっときすると、小女が盆の上に銚子と猪口、それに、漬物の小皿と冷や奴の入った小鉢を載せて運んできた。色白のほっそりした女である。

源九郎は、小女が酒と肴を並べるのを見ながら、

「五十嵐どのは、店にいないようだな」

と、小声で言った。

小女は戸惑うような顔をして源九郎を見たが、

「五十嵐さまは、店にいません」

と、小声で言った。

「すぐ、帰ってくるかな。……いや、五十嵐どのには、世話になったことがあるのだ。店にいるようなら、一緒に飲もうかと思ってな」

源九郎は、小女を安心させるために穏やかな声で言った。

「どこへ出掛けたか知りませんが、陽が沈む前に帰ってくるはずです。夕餉《ゆうげ》を早

めに食べて、また出掛けることが多いんです」

小女が小声で言った。

「それなら、五十嵐どのに会えるかな」

源九郎は、笑みを浮かべて言った。

「会えるはずですよ」

そう言って、小女がその場から離れると、

「五十嵐は、ここで腹拵えをしてから賭場へ行くのではないか」

安田が小声で言った。

源九郎たちは、近くに政五郎という男が貸元をしている賭場があるのを知っていた。五十嵐が賭場に出掛けても、不思議はない。

「そうみていいな」

源九郎も、五十嵐は賭場へ行く前に、千鳥屋に戻ると思った。

源九郎たちが小上がりに腰を落ち着けて、半刻（一時間）ちかく経ったろうか。戸口に近付いてくる足音がし、格子戸が開いた。

姿を見せたのは、五十嵐だった。

咄嗟に、源九郎たちは五十嵐に背をむけた。顔を見られないようにしたのだ。

店内は薄暗かったので、源九郎たちとは分からないだろう。

五十嵐は、店内に入ってきた。そのとき、孫六が立ち上がり、小上がりから土間に下りた。孫六は咄嗟に、五十嵐の目を武士でない自分に向けさせようとして、土間に下りたらしい。それに、孫六は狭い店内で斬り合いになったとき、自分がいると、源九郎たちの足手纏《あしでまと》いになると思ったのだ。

五十嵐の足がとまり、目が近付いてきた孫六にむけられた。五十嵐の表情は、変わらなかった。そこが薄暗かったこともあり、孫六を千鳥屋の客と思い、不審を抱かなかったようだ。

五十嵐は、戸口からすこし入ったところに立っていた。そして、小上がりに目をむけて、顔に不審そうな表情を浮かべた。武士が、何人もいたからだろう。

これを見た菅井が小上がりから飛び出し、五十嵐の脇にまわり込んだ。素早い動きである。

つづいて、源九郎も傍らに置いてあった刀を手にして立ち上がった。

五十嵐は身構えて、腰の刀の柄に右手を添えた。小上がりにいたのは、ただの客ではなく、自分を討ちにきた源九郎たちだと気付いたようだ。

「長屋の者たちか！」

五十嵐が、声高に言った。どうやら、源九郎たちが長屋に住んでいることも知っているようだ。

「いかにも」

源九郎は、五十嵐を見据えて言った。

そのとき、店内の右手奥の板戸が開いて、お京が姿を見せた。お京は、男たちの怒鳴り声を耳にしたのだろう。

お京は五十嵐と源九郎たちに目をむけ、

「や、やめて！」

と、甲高い悲鳴のような声を上げた。

三

「五十嵐、表へ出ろ！」

源九郎が言った。狭い店内で斬り合ったら、店内が壊れるだけでなく、源九郎たちも刀を自在に使えない。

五十嵐が戸惑うような顔をしていると、菅井と孫六が先に店から出た。源九郎と安田は店内に残っている。

五十嵐は、店内でふたりを相手にするのは不利と思ったのか、

「いいだろう」

と言って、ひらいたままになっている格子戸の間から外に出た。

五十嵐につづいて、源九郎と安田も抜き身を手にしたまま店から出た。背後で、「何があったの!」という女の昂った声がした。お京は蒼褪めた顔で店の隅に立っている。

源九郎と安田は、お京にはかまわず、店先から離れた。

店から離れたところで、菅井と五十嵐が対峙した。菅井は居合の抜刀体勢をとり、五十嵐は抜き身を手にして、八相に構えている。先に出た孫六は、菅井からすこし離れた場所に立っている。

菅井と五十嵐から離れた路傍に、男たちが何人も立っていた。いずれも、通りすがりの者たちで、五十嵐が抜き身を手にして身構えているのを目にしたらしい。そして、離れた場所に立って、菅井と五十嵐の斬り合いを見ているようだ。

菅井は源九郎たちが、店から出てきたのを目にすると、

「この場は、おれにやらせてくれ」

そう声をかけ、居合の抜刀体勢をくずさなかった。

「承知した」

源九郎が言い、菅井と五十嵐から間をとったまま路傍に足をとめた。ただ、源九郎は菅井が危ういと見たら加勢するつもりだった。

菅井と五十嵐の間合は、およそ二間半――。

五十嵐は八相に構えた両腕を高くとり、切っ先で天空を突くように刀身を垂直に立てていた。大きな構えである。

ふたりは、なかなか仕掛けなかった。お互い、相手の構えに隙がないのを見て、迂闊に仕掛けられなかったのだ。

そのとき、千鳥屋の表戸がひらき、お京が顔を出した。お京は、店の客に何かあったのではないかと思い、様子を見にきたようだ。

キャッ！　と、お京が悲鳴を上げた。店の近くで、五十嵐が刀を構え、客の武士と対峙しているのを目にしたのだ。

そのお京の悲鳴で、菅井と五十嵐に斬撃の気がはしった。

キエエッ！

鬼神《きじん》の叫び声のような甲高い気合を発し、五十嵐が斬り込んできた。

八相から袈裟へ――。

刹那、菅井は一歩身を引きざま抜刀した。居合の神速の一刀である。

五十嵐の切っ先は、菅井の左肩から胸にかけて小袖を斬り裂いた。一方、菅井の切っ先は、五十嵐の右の二の腕辺りをとらえていた。

次の瞬間、菅井と五十嵐は後ろに跳んで、大きく間合をとった。

五十嵐は、ふたたび八相に構えた。その右腕の傷から、血が赤い筋を引いて流れ落ちている。

対する菅井は、手にした刀を左脇にとった。小袖を斬られたが、無傷である。ただ、抜刀してしまったので、居合は遣えない。菅井は脇構えから、居合の抜刀の呼吸で斬り込むつもりなのだ。

「勝負あったぞ。抜いてしまったら、居合は遣えまい」

五十嵐が、薄笑いを浮かべた。

「そうかな」

菅井は、その場からすこし身を引いた。

これを見た孫六が、

「は、華町の旦那！　菅井の旦那を助けねえと、やられやす」

と、声をつまらせて言った。

「いや、菅井は負けぬ」

源九郎が、菅井と五十嵐を見据えて言った。菅井は、脇構えから居合とあまり変わらぬ迅さで斬り込むことを、源九郎は知っていたのだ。

「いくぞ！」

五十嵐が声を上げ、八相に構えたまま菅井に近付いた。その刀身が、震えていた。右腕から流れ出た血が、五十嵐の肩に落ち、小袖と首筋を赤く染めている。

五十嵐は、一足一刀の斬撃の間境に迫ってきた。対する菅井は気を静め、脇構えから袈裟に斬り上げる機を狙っている。

そのとき、五十嵐が顔をしかめた。右腕から流れ出た血が、首筋でなく、頬に落ちたからだ。

その一瞬の隙を、菅井がとらえた。

タアッ！

菅井は鋭い気合を発し、居合の抜刀の呼吸で、脇構えから斜《はす》に斬り上げた。素早い動きである。

咄嗟に、五十嵐は身を引いて、菅井の斬撃をかわそうとした。だが、一瞬遅れた。菅井の手にした刀の切っ先が、ザクリと五十嵐の顎から鼻にかけて斬り裂いた。

五十嵐は呻き声を上げて、後ろによろめいた。刀は、手にしたままである。

「逃がさぬ！」

菅井が声を上げ、踏み込んで袈裟に斬り込んだ。

五十嵐は、手にした刀を振り上げて、菅井の斬撃を受けようとしたが間に合わなかった。菅井の切っ先が、五十嵐の首筋をとらえた。

五十嵐の首から、血が噴《ふ》いた。菅井の一撃が、五十嵐の首の血管を斬ったらしい。五十嵐は手にした刀を取り落とし、血を噴出させながらよろめいた。そして、足がとまると、腰から崩れるように倒れた。

俯せに倒れた五十嵐は、何とか頭を擡《もた》げようとしたが、わずかに顔が持ち上がっただけで、すぐにぐったりとなった。それでも、五十嵐は苦しげな呻き声を上げていたが、いっときすると聞こえなくなった。

五十嵐の脇に立っていた菅井が、血刀を手にしたまま、

「死んだ」

と、呟《つぶや》いた。

そこへ、源九郎、安田、孫六の三人が近寄った。三人は、倒れている五十嵐を

取り囲むように立った。

「菅井、大事ないか」

源九郎が、菅井の斬り裂かれた小袖の肩口に目をやって訊いた。

「斬られたのは、着物だけだ」

菅井が、肩先に目をやって言った。

「五十嵐の亡骸《なきがら》は、どうしやす」

孫六が訊いた。

「このまま捨て置くわけにはいかないな」

源九郎が、五十嵐の亡骸に目をむけた。そうかといって、遺体を長屋まで運んで葬ってやることもできない。

「千鳥屋の者に、まかせるか」

源九郎が、千鳥屋の店先に目をやって言った。

店の表戸が、すこしだけひらいていた。そこから、誰か覗いている。おそらく、お京か小女であろう。

「手を貸してくれ。五十嵐の亡骸を千鳥屋の脇まで、運んでおこう。……お京や店の者たちが、何とかするだろう」

源九郎が言った。店の出入り口近くに遺体を置くのは、千鳥屋の者にとって、あまりに迷惑だろう。

源九郎たち四人は、五十嵐の遺体を千鳥屋の脇まで運んだ。その間、お京が表戸の間から顔を出して見ていた。顔が蒼褪め、体が震えている。

源九郎たちが、五十嵐の遺体を運び終えると、

「あっしらは、長屋に帰《けえ》りやしょう」

孫六が、源九郎たちに声をかけた。

四

「ま、待て、この金《きん》」

菅井が声を上げた。

「待てぬな」

源九郎が、口許に笑みを浮かべて言った。王手、角取りである。

ふたりがいるのは、はぐれ長屋の源九郎の家だった。今日は朝から雨だった。両国広小路に居合抜きの見世物に出ている菅井は、雨が降ると商売にならないので、好きな将棋を指すために源九郎の家に来ることが多かった。

それに、今日は源九郎の家に青島の姿がなかった。三日前、源九郎は五十嵐を討ち取ってはぐれ長屋に帰った後、菅井たちと一緒に青島と会い、五十嵐を討ちとったことを話した。

青島は黙って、源九郎たちの話を聞いていたが、

「おれも、盗賊のひとりだ。町方に、引き渡してくれ」

と、肩を落として言った。

「いや、青島も盗賊のひとりだったが改心し、盗賊を捕らえるために、わしらの味方になってくれた。いまは、わしらの仲間のひとりだ」

源九郎が言うと、そばにいた菅井たちも頷いた。

「す、すまない。長屋のみんなの御恩は、一生忘れない」

青島は涙声で言い、深々と頭を下げた。

源九郎たちと青島の間でそうしたやりとりがあって、青島は源九郎の家を出たのである。

今ごろ、青島は深川《ふかがわ》に住んでいる叔父の家に妻女といるはずだ。ほとぼりが冷めるまで、しばらく事件とは関わりのない地に身を隠していることにしたらしい。それで、源九郎の家に、青島の姿がなかったのだ。

「ならば、こうだ」

菅井が、王を引いて逃がした。

何のことはない。王を逃がしただけで、角はただで取られる。

「では、角をいただくか」

源九郎は、笑みを浮かべて角をとった。

「やはり、そうきたか」

菅井は、険しい顔をして将棋盤を見つめている。

源九郎は胸の内で、将棋を覚えたばかりの子供でも、角をとる、と思ったが、黙っていた。

「ううむ……」

菅井は、将棋盤を見つめて唸り声を上げた。

そのとき、戸口に近付いてくる足音がした。足音は、戸口でとまり、

「華町さま、おられますか」

と、男の声がした。

源九郎は声の主《ぬし》が分からず、

「どなたかな」

と、戸口に目をやって訊いた。

「松永屋の吉兵衛でございます」

腰高障子の向こうで、声がした。

「入ってくれ」

源九郎が声をかけた。名を聞けば、吉兵衛の声と分かった。

すると、腰高障子があいて、吉兵衛が姿を見せた。風呂敷包みと傘を手にしていたが、雨音は聞こえなかった。雨は、やんだようだ。外は、だいぶ明るくなっている。

吉兵衛は傘を土間の隅に立て掛け、風呂敷包みを上がり框《がまち》近くに置いた。

「見たとおり、散らかっているが、座敷に上がってくれ」

源九郎が言った。

「いえ、ここで結構です」

吉兵衛は、土間に立ったまま言った。

「菅井、将棋は後だ」

そう言って、源九郎が立ち上がった。

すると、菅井は「客が来たのに、将棋を指しているわけには、いかないな」と呟き、将棋盤の上の駒を掻き混ぜてしまった。このままつづけても、勝ち目はないとみて、そうしたらしい。

源九郎は菅井が駒を掻き混ぜたのを目にしたが、苦笑いを浮かべただけで、何も言わなかった。吉兵衛の前で、菅井と言い争いをするわけにはいかなかったのだ。

「何か、用かな」

源九郎が、上がり框近くに腰を下ろして訊いた。

「今日は、あらためて御礼に伺ったのです」

吉兵衛が、笑みを浮かべて言った。

「何の礼かな」

「店に来た御用聞きの方に聞いたのですが、華町さまたちが、てまえの店に押し入った賊を討ち取ったと聞きました。女房のおしげは、涙ながらに豊助も草葉の陰で喜んでいるだろうと言って、仏壇に手を合わせておりました」

吉兵衛はそう言って、持参した風呂敷包みを源九郎の膝先に置いた。

「これは、何かな」

源九郎が訊いた。

「饅頭《まんじゅう》ですが、てまえと女房の気持ちです」

吉兵衛によると、松永屋の近くに饅頭屋があり、美味しい饅頭を売っていることで知られているという。

「すまんな」

源九郎は胸の内で、どうせなら、酒の方がよかったと思ったが、たまには、飯の代わりに茶でも飲みながら饅頭でも食べよう、と思い直した。

「たまには、甘い物を酒の肴にするのも、いいかもしれませんよ」

吉兵衛が、笑みを浮かべて言った。

それから、吉兵衛は小半刻（三十分）ほど話して腰を上げた。

「本町近くに来たら、てまえの店にも立ち寄ってください」

吉兵衛はそう言って、戸口から出ていった。

吉兵衛の足音が戸口から遠ざかると、

「菅井、饅頭でも食うか」

源九郎が言って、風呂敷包みを手にした。

風呂敷包みを解《ほど》くと、厚紙でできた箱が出てきた。箱のなかに、饅頭が七つ入っていた。どうやら、吉兵衛は源九郎たちの仲間が七人いることをどこかで耳にして、七つ用意したらしい。

「なかなか、気が利くではないか。わしは、饅頭より酒の方がいいがな」

そう言って、源九郎が饅頭を手にした。

脇にいた菅井も、饅頭に手を伸ばした。そのとき、箱の底に敷いてあった厚紙の脇から何か光る物が見えた。

「おい、饅頭の他にも、何か入っているぞ」

源九郎は、箱の底の厚紙を取った。

「小判だ！」

菅井が声を上げた。

箱の底に、小判が置いてあった。十枚ある。

「華町、この金をおれたちの酒代にして、一杯やってくれ、ということではないか」

菅井が、小判を手にして言った。

「まちがいない。この金で一杯やってくれということだ」

源九郎は、吉兵衛が、「甘い物を酒の肴にするのも、いいかもしれませんよ」

と口にした訳が分かった。吉兵衛は、すくないが、この金で飲んでくれ、という意味を含めてそう言ったのだ。

「ありがたい！　皆で、亀楽で一杯やろう」

源九郎が声を上げた。

本作品は、書き下ろしです。

双葉文庫

と-12-63

はぐれ長屋《ながや》の用心棒《ようじんぼう》

鬼神《きじん》の叫《さけ》び

2021年4月18日　第1刷発行

【著者】
鳥羽亮《とばりよう》
©Ryo Toba 2021
【発行者】
箕浦克史
【発行所】
株式会社双葉社
〒162-8540 東京都新宿区東五軒町3番28号
［電話］03-5261-4818(営業)　03-5261-4833(編集)
www.futabasha.co.jp(双葉社の書籍・コミックが買えます)
【印刷所】
中央精版印刷株式会社
【製本所】
中央精版印刷株式会社

【フォーマット・デザイン】
日下潤一

落丁・乱丁の場合は送料双葉社負担でお取り替えいたします。「製作部」宛にお送りください。ただし、古書店で購入したものについてはお取り替えできません。［電話］03-5261-4822(製作部)

定価はカバーに表示してあります。本書のコピー、スキャン、デジタル化等の無断複製・転載は著作権法上での例外を除き禁じられています。本書を代行業者等の第三者に依頼してスキャンやデジタル化することは、たとえ個人や家庭内での利用でも著作権法違反です。

ISBN978-4-575-67046-2 C0193
Printed in Japan

鳥羽亮
はぐれ長屋の用心棒
すっとび平太
長編時代小説〈書き下ろし〉
華町源九郎たち行きつけの飲み屋で客二人と賄いのお峰が惨殺された。下手人探索が進むにつれ、闇の世界を牛耳る大悪党が浮上する！

鳥羽亮
はぐれ長屋の用心棒
老骨秘剣
長編時代小説〈書き下ろし〉
老武士と娘を助けたのを機に、出奔した者を上意討ちする助太刀を頼まれた華町源九郎と菅井紋太夫。東燕流の秘剣〝鍔鳴り〟が悪を斬る！

鳥羽亮
はぐれ長屋の用心棒
うつけ奇剣
長編時代小説〈書き下ろし〉
何者かに襲われている神谷道場の者たちを助けた華町源九郎と菅井紋太夫。道場主の妻に亡妻の面影を見た紋太夫は、力になろうとする。

鳥羽亮
はぐれ長屋の用心棒
銀簪《ぎんかんざし》の絆
長編時代小説〈書き下ろし〉
大店狙いの強盗「聖天一味」の魔の手を恐れた長屋の家主「三崎屋」が華町源九郎たちに店の警備を頼んできた。三崎屋を凶賊から守れるか。

鳥羽亮
はぐれ長屋の用心棒
烈火の剣
長編時代小説〈書き下ろし〉
はぐれ長屋に引っ越してきた訳ありの父子。三人の武士に襲われた彼らを助けた華町源九郎たちは、思わぬ騒動に巻き込まれてしまう。

鳥羽亮
はぐれ長屋の用心棒
美剣士騒動
長編時代小説〈書き下ろし〉
敵に追われた侍をはぐれ長屋に匿った源九郎。端整な顔立ちの若侍はたちまち長屋の人気者となるが……。大好評シリーズ第三十弾！

鳥羽亮
はぐれ長屋の用心棒
娘《こ》連れの武士
長編時代小説〈書き下ろし〉
はぐれ長屋に小さな娘を連れた武士がやってきた。源九郎たちは娘を匿うことにするが、どうやら何者かが娘の命を狙っているらしく……。

鳥羽亮

はぐれ長屋の用心棒
磯次の改心

長編時代小説〈書き下ろし〉

はぐれ長屋の周辺で殺しが立て続けに起きた。源九郎は長屋にまわし者がいるのではないかと怪しむが……。大好評シリーズ第三十二弾。

鳥羽亮

はぐれ長屋の用心棒
八万石の危機

長編時代小説〈書き下ろし〉

かつて藩のお家騒動の際、はぐれ長屋に身を寄せた青山京四郎の田上藩に、またもや不穏な動きが……。源九郎たちが再び立ち上がる！

鳥羽亮

はぐれ長屋の用心棒
怒れ、孫六

長編時代小説〈書き下ろし〉

目星をつけた若い町娘を攫っていく集団が、江戸の街に頻繁に出没。正体を突き止めるべく、源九郎たちが動き出す。シリーズ第三十四弾。

鳥羽亮

はぐれ長屋の用心棒
老剣客躍る

長編時代小説〈書き下ろし〉

同門の旧友に頼まれ、ならず者に襲われた訳ありの母子を、はぐれ長屋で匿うことにした源九郎。しかし、さらなる魔の手が伸びてくる。

鳥羽亮

はぐれ長屋の用心棒
悲恋の太刀

長編時代小説〈書き下ろし〉

刺客に襲われた武家の娘を助けた菅井紋太夫。長屋で匿って事情を聞くと、父の敵討ちのために江戸に出てきたという。大好評第三十六弾！

鳥羽亮

はぐれ長屋の用心棒
神隠し

長編時代小説〈書き下ろし〉

はぐれ長屋の周囲で、子どもが相次いで攫われる。子どもを探し始めた源九郎だが、その行方は杳として知れない。一体どこへ消えたのか？

鳥羽亮

はぐれ長屋の用心棒
仇討ち居合

長編時代小説〈書き下ろし〉

菅井紋太夫が若い娘に勝負を挑まれる。どうやら娘は菅井を、父親を殺した下手人だと思い込んでいるようなのだ。シリーズ第三十八弾！

鳥羽亮
はぐれ長屋の用心棒
七人の用心棒
長編時代小説
〈書き下ろし〉

はぐれ長屋の近くで三人の武士に襲われている身装のいい母子を助けた源九郎。どうも主家の跡継ぎ争いに巻き込まれたようなのだ。

鳥羽亮
はぐれ長屋の用心棒
源九郎の涙
長編時代小説
〈書き下ろし〉

お吟が「浜乃屋」の前でならず者に襲われ、はぐれ長屋まで命からがら逃げてきた。源九郎たちはさっそく、下手人を探り始める。

鳥羽亮
はぐれ長屋の用心棒
居酒屋恋しぐれ
長編時代小説
〈書き下ろし〉

長屋近くの居酒屋「浜富」へ通うようになった菅井紋太夫。しかし、やくざ者による店への嫌がらせが始まり、浜富は窮地に陥ってしまう。

鳥羽亮
はぐれ長屋の用心棒
おれたちの仇討
長編時代小説
〈書き下ろし〉

若い頃、同門だった男の敵討ちに協力することになった源九郎は、さっそく仇敵を探り始めるが、はぐれ長屋に思わぬ危機が訪れる。

鳥羽亮
はぐれ長屋の用心棒
用心棒たちの危機
長編時代小説
〈書き下ろし〉

「はぐれ長屋の用心棒」の七人が、押し込み強盗の濡れ衣を着せられた。疑いを晴らすべく、源九郎たちは強盗一味の正体を探り始める。

鳥羽亮
はぐれ長屋の用心棒
平太の初恋
長編時代小説
〈書き下ろし〉

見習いの岡っ引き、平太が恋をした。悪党から執拗につけ狙われる町娘を守るため長屋の面々も加勢するが、敵は逆に長屋を襲撃してくる。

鳥羽亮
はぐれ長屋の用心棒
源九郎仇討始末
長編時代小説
〈書き下ろし〉

かつて共に剣の修行に励んだ旧友が殺された。仇討ちの加勢を頼みにきた娘に、亡き妻の面影を見出した源九郎は、仲間たちと動きだす。

鳥羽亮　はぐれ長屋の用心棒　幼なじみ　長編時代小説〈書き下ろし〉

懐かしい剣友がはぐれ長屋を訪ね、源九郎に道場主になってくれと懇願する。かつての師範代が道場乗っとりを企んでいるらしいのだ。

鳥羽亮　はぐれ長屋の用心棒　幽鬼の剣　長編時代小説〈書き下ろし〉

裕福な町人を狙った辻斬りが相次いで起きた。現場からは不気味な叫び声が聞こえたという。源九郎は仲間たちと下手人の捜索に乗りだす。

鳥羽亮　はぐれ長屋の用心棒　居合の女　長編時代小説〈書き下ろし〉

菅井紋太夫に、女剣士が弟子入りを志願してきた。惨殺された父親の無念を晴らそうとする娘のために、はぐれ長屋の住人が奔走する。

鳥羽亮　はぐれ長屋の用心棒　遠い面影　長編時代小説〈書き下ろし〉

ならず者から情婦になることを強いられている娘おゆきと知り合った源九郎。おゆきに亡き妻の面影を見た源九郎は彼女を守る決意をする。

鳥羽亮　はぐれ長屋の用心棒　苦界《くがい》の娘　長編時代小説〈書き下ろし〉

源九郎の住む伝兵衛店から何者かの手によってふたりの娘がかどわかされた。子を奪われた親の願いを背負って、用心棒たちが立ち上がる。

鳥羽亮　はぐれ長屋の用心棒　鬼神の叫び　長編時代小説〈書き下ろし〉

はぐれ長屋の華町源九郎のもとに、賊に倅を殺された呉服屋の主人が助けを求めやってきた。源九郎たちは悪漢を討つことができるのか⁉

鳥羽亮　荒海を渡る鉄の舟　長編歴史小説

西郷が畏れ、勝海舟が仰ぎ見、明治天皇が愛した男、山岡鉄舟。その波乱の生涯を剣豪小説の第一人者が雄渾な筆致で描く傑作歴史小説。